NKO

日本が「人民共和国」になる日

井沢元彦

WAC

目次

第一章　原発《げんぱつ》大爆発

1

桜浩行《さくらひろゆき》が後から考えてみるに、不幸の始まりはその日に朝早くかかってきた電話だった。ベルの音に心地よい眠りを妨げられ、桜はうめき声を出した。

「おい、出てくれよ」

隣りでも、うめき声がした。女がいる。若い女だ。名前は、良美《よしみ》という。良美は胸元に毛布をたくし上げ、眠い目をこすりながら言った。

「出ていいの？」

「ああ」

桜は、生返事《なまへんじ》をした。

「でも、会社の人だったらどうするのよ？　私の声、知っている人だっているかもしれないのに」

その一言で、桜ははっきりと目を覚ました。確かにそうだ。今、まだ二人の仲が知られるのはまずい。

（この女と、まだ結婚するかどうかわからないんだしな）

桜は仕方なしに、電話に出た。

「おい、悪いけど、今日出社してくれ」

社会部長の島村《しまむら》の声だった。

「何でですか」

桜は抗議した。これまで、ある連続殺人事件の取材で、ほとんど丸三カ月休みもなく、関係者への夜討ち朝駆けを繰り返し、ようやく貰った休暇だったのだ。それもまだ、昨日から一日休んだだけである。

「悪いな。実は、糸山《いとやま》論説主幹のたってのご要望なんだよ」

「糸山さんの？」

桜は首を傾げた。もちろん、彼のことは知っている。桜の勤めている新聞社の名物記者で、今の総理大臣とも差しで話せるというぐらいの大物記者である。しかし、会社の上司として知っているだけで、糸山とは個人的な付き合いはなかった。

「何の用なんです？」

「どうやら、新しいプロジェクトを始めるらしいんだが、それにお前が欲しいんだとさ」

島村は言った。

「えっ……」

桜は、正直言って有難迷惑だった。確かに糸山は出世コースの主流にいるし、いずれ社長になるかもしれないとも言われている。だが、どうも個人としては好きになれなかった。

「断われないんですか」

桜は、うんざりした様子を隠そうともせずに言った。

「おいおい、俺を困らせるんじゃないよ。糸山さんはな、俺が入社した時に何もかも一から教えてくれた大先輩なんだ。あだやおろそかにはできんのだよ」

「わかりました。じゃあ、行きますよ」

「とにかく、論説主幹室に出頭してくれ。できるだけ早くというご伝言だよ」

「はいはい、わかりました」

桜は、舌打ちして電話を切った。

「どうしたの?」

良美が、とろんとした目で聞いた。

「お仕事だとさ、お仕事」

「休暇はどうなるの?」

「そんなこと、会社に聞いてくれよ。まったく困ったもんだな」

桜はそう言いながらも、もうベッドの中から出ると、裸のまま洗面所に歩いて、まず顔を洗った。

良美は起き上がってバスローブを着ると、後についてきた。

「ねぇ、どういうことなのよ」

「そんなこと、俺にわかるかよ。何でも糸山さんが新しいプロジェクトを始めるっていうんで、俺が欲しいんだとさ」

「あら、光栄じゃない。糸山さんっていえば、あの論説主幹でしょう？」

「そうだよ」

「あの人のお気に入りになっておけば、いずれ大出世するかもしれないじゃない」

「ばか言ってんじゃないよ。記者なんかに出世は無用ですよ。俺はね、生涯一記者でいいの」

桜はそう言ってたしなめると、急いで服を着始めた。

「ねぇ、私とのデートはどうなるのよ。今日は食事に行くはずだったでしょう」

「まあ、我慢してくれ」

桜は苦笑して良美を抱き寄せると、軽くキスをした。

「しょうがないだろ、仕事なんだから。お互いそれはわかっているはずだ。呼び出しがかかったのは、君のほうだったかもしれない」

「それはそうだけれど……」

「まあ、いいさ。また、ひょっとするとお仕事する機会もあるかもしれないしな。ゆっくりしていってていいよ。カギは掛けてってくれよな」

桜は手早く、ほんの三分ほどで支度を済ませた。長年、新聞記者という商売をやっていると、身支度は早くなる。髪の毛や、ヒゲも会社のトイレの中でも整えようと思えば整えられるわけだ。

「じゃあ、元気でね」

桜はそう言って扉を閉めて、ふくれっ面をしている良美を残して家を出た。

会社までは、地下鉄を乗り継いで三十分の距離である。都心のビジネス街の中心にある新聞社は、日本の五大新聞のうちの一つと言われている。その社会部に、桜は勤務している。いわゆる事件記者である。

だが、桜が今回上がったのは、その社会部よりもはるか上にある七階のフロアであった。論説主幹は、そこに一つ大きな部屋と、秘書代わりのスタッフを置いている。普通の新聞社だと、編集委員や論説委員になると棚上げされた恰好《かっこう》となり、部下もなく一人で時々記事を書くというのが通り相場だが、糸山に関してはそれが当てはまらなかった。むしろ、次のポストへのつなぎともいうべき形なのである。

桜が軽くドアをノックすると、中から返事があったので入った。糸山主幹は、一番奥のデスクで三つ揃いのスーツを着こなし、『ル・モンド』を読んでいた。

（キザな野郎だぜ）

と、桜は思った。

確かに糸山は、英仏二カ国語が流暢《りゆうちょう》に話せるというのが自慢である。そのことが、社内外の評価を高める要因にもなっていた。

「部長に呼ばれていると言われたんで、参りました」

桜は、切り口上で言った。

糸山は、ゆっくりと読んでいた新聞を机の上に置くと、

「まあ、掛けたまえ」

と言った。（どの椅子に？）と聞くまでもなく、糸山付きのスタッフが椅子を一つ、主幹のデスクの前に置いた。桜は、それに座った。

「桜君、今年は何年だったかな」

糸山は、真面目な調子で聞いた。

「えっ？　一九九五年でしょう」

「そう、一九九五年。昭和で言えば、何年になるかな？」

桜は即答した。

「昭和七十年です」

「そうだ。昭和二十年から、ちょうど半世紀が経過した」

糸山はそう言って、掛けていた眼鏡を外して机の上に置くと、

「そこで、わが社もいわゆる戦後五十年企画をやろうと思っているんだよ。その戦後五十年を振り返って、われわれはどう変わったのか、これからの未来を見据えてどう生きていくべきかということをね、この節目に当たって検討したいと思うんだ」

「しかし、それは……」

桜は、不審な顔をした。実は、その企画は当然すでに社会部で提案され、一度そのことについてプロジェクト・チームが結成される動きがあったのだが、いつの間にか見直そうという形になって、自然に消滅していた。それも去年のことである。戦後五十年の企画を本気でやる気ならば、何年も前から準備しておくべきであって、少なくとももう年が明けてから始めるべきではない。それなのに、糸山は一度潰《つぶ》れた企画を、どうして今になって始めようとするのか。

桜は、率直に疑問を表明した。

「主幹、あれは確か社会部でやるはずだったのが、どこの社もやるから二番煎《せん》じはよそうということで、取りやめになったというふうに聞いていますが」

「そうだ。私がやめさせた」

糸山は言った。

「社会部から出ていた提案は、何というかな、どんな新聞社でも考えつくような、ごく当たり

前の企画であって、意味がないと思ったからだ」

「――」

「特に不満だったのは、問題を一種の歴史上の事実としてしかとらえていないということだ。いいかい、われわれは現代に生きているんだ。過去にこんなことがあったということを、新聞に今さら載っけてどうなる？　われわれは新聞なんだ。『ニューズ』だよ。『ニューズ』こそ、必要なんだ」

糸山は、和製英語の「ニュース」ではなく、「ニューズ」というところに力を込めて言った。

「そのニューズを活かすためには、やはり現代と過去とのつながりというものを、昭和二十年から昭和七十年までを一本の流れとしてとらえる企画でなきゃ駄目じゃないか。それだから、私は反対したのだよ」

（そうか）

と、桜は納得した。あの時、どこの社でもやりそうな定番な企画が、なぜうちの新聞社に限って潰れたのか、とても疑問だったのだが、この糸山がかんでいたということで、その背景がはっきりした。逆に言えば、糸山の力はそれだけ社内で大きいということだ。

「じゃあ、主幹はいったいどういった企画をお考えなんですか」

「今も言っただろう。過去と現在と、そして未来を見据えた、この戦後五十年という一つの座標から見通した企画、それを作りたいんだよ。そのために、ぜひ君に協力してもらいたい」

「僕がですか？」

桜は、露骨に不満の表情を見せて、

「僕は、サツ廻りの記者です。そんなことには向いていませんよ。今まで、そういうことをやったこともありません」

「いや、君の実力は私はよく知っている。社会部長の了解も取ってあるんだよ。ひとつ、ここは頼む。もし嫌だと言うなら、業務命令の形になるんだが、そんなことはしたくない。お互いに新聞を愛する者として、ここはひとつ気持ちよくやろうじゃないか」

（何が気持ちよくだ）

桜は思ったが、どうせ、この分だと抵抗したところで突っ張り切れるものではなさそうだ。それに、何も虫酸《むしず》が走るほど嫌な仕事というわけでもない。ただ、このプロジェクト・チームのリーダーになる糸山が少々気に食《く》わないというだけだ。

どうして糸山が気に食わないのか、桜は改めてそれを思った。押し出しは立派だし、外国にも強い。身だしなみもいつもパリッとしているし、語る言葉は極めて明晰《めいせき》である。この男は昔、全共闘の有力なメンバーだったという噂《うわさ》がある。それが今では、時の政権に極めて密着し、歴代の総理大臣からも厚く信頼されているという。その変わり身の早さが、鼻につくのかもしれなかった。

「どうした？　何か障害になるようなことでもあるのか？」

考え込んでいる桜を見て、糸山が言った。

「いや、そんなことはありません。引き受けさせていただきます」

「そうか。じゃあ、とりあえず申し訳ないんだがな、ちょっと勉強してくれ」

「勉強ですか？」

「そうだ。戦後五十年の企画をやるんだから、まず戦後史の基本知識をだな、マスターしてもらわなければ、話にならん。

――おい、君」

糸山は、女性スタッフに声を掛けた。

「はい」

「例の資料を持ってきてくれ」

そのスタッフは、手押し車にいっぱいの本を持ってきた。桜が覗《のぞ》いてみると、それは戦後史の真実といったような、いわゆる戦後史もののノンフィクション、歴史書、ドキュメンタリーのテープなどである。

「これを全部チェックして、頭に入れてくれ。そのうえで、来週までに企画を三本出すこと」

「えっ、来週までですか？」

桜は焦った。今日は金曜日である。本来なら、明日、明後日と続けて休めるはずだったから、木曜日から含めて四日間の連休だったのが、これを全部読んで企画を出すということになると潰れざるをえない。

「無理かね」

「いや、そんなことはありませんが、これだけの量ともなりますと。それに引き継ぎもしなければいけませんし」

と、桜は答えた。引き継ぎも重要な仕事である。これまで警察の幹部たちと長年にわたって築き上げてきた信頼関係、人間関係は、新聞記者としての一つの財産である。しかし、それを桜の後任者がある程度使えるように、橋渡しの役だけはしてやらなければならない。もちろん、その財産を腐らせるか、それとも再活用されるかは、その後任者の器量次第だが、そのきっかけぐらいはこちらでつけてやらないと、相手は路頭に迷うことになるのである。それは、新聞社全体にとってもマイナスになる。

「わかっている。引き継ぎは今日やればいいだろう。そして、土日はその企画のために使いたまえ。月曜日に待っている。月曜日は、ここに出社すること。それも十時だ。いいな」

糸山はそう言うと、また眼鏡を掛け、新聞を取った。

桜は、そこにそのまま突っ立っていた。

「どうした？　まだ、何か質問があるのか？」

「いえ」

「じゃあ、その資料は持っていきたまえ。どこで読んでもいいぞ」

「はい、ありがとうございます」

桜は心にもないことを言い、手押し車を押してその部屋を出た。

2

桜は結局、それを登山用のリュックに全部詰め込んで、家へ持って帰ってきた。

あのあとが大変だった。社会部長の指名で、まだ入社したての新人が桜の後を継ぐことになったのである。西も東もわからないその新人を、朝から晩まで引っ張り回し、泣きべそをかくまでいろんなところに挨拶廻りをやらせた。そのことで、金曜日は完全に潰れてしまった。

そして、土曜日の朝になって、ようやく桜は戦後史の資料に目を通す余裕ができたのである。久しぶりに受験生の気分で、自宅のデスクについて、何十冊もの本を読んでノートを取った。

こうして、改めて五十年の戦後史というものを勉強してみると、今まで頭の中でバラバラに記憶していたものが、極めて系統立てて整理されてきた。改めて強く印象に残ったのは、日本は極めて幸運だったということである。惨憺《さんたん》たる敗戦の後に、日本は例えばドイツのように東西に分割されて統治される可能性もないではなかった。しかし、アメリカの単独占領によってそれを免れ、しかも経済成長の中でさまざまな出来事が日本の発展を助ける形で働いた。例えば朝鮮戦争もそうだ。朝鮮人民にとってはこれほどの苦痛の種もなかっただろうが、日本にしてみれば、明らかに戦後の復興に対する一助となったのである。それも考えてみれば、幸運だと言える。朝から晩まで関係資料を読み込んで、最終的に桜が得た結論の一つはそれである。

突然、電話が鳴った。桜はコードレス電話機の子機を取った。

「あっ、いたの？」

良美だった。

「いるよ」

「プロジェクト・チームはどうしたの？　早速《さっそく》、土日もなしにこき使われているんじゃなかったの？」

「論説主幹様のありがたい思し召《おぼめ》しでね。まず、資料を読みなさいということで読んでいるのさ」

「じゃあ、食事に行きましょうよ。土曜の六本木は楽しいわよ」

「冗談じゃないよ。そんなことをしたら、大変なことになるよ」

「何で？」

「月曜日までに、企画を三本出せって言われているんだ」

「三本？」

「それも、論説主幹のお眼鏡に適《かな》うようなやつをな。そのために、いま、受験勉強の最中ですよ」

「そう。戦後史の資料を読み込んでいるんだ。トラック一杯あるんだぞ」

桜は大げさに言った。

「トラック一杯？　へぇ、じゃあそれを土日で読もうっていうわけ？　だから、女と付き合っている暇はないってことね」

「付き合いたいのは山々だけどね」

「ちょっと老《ふ》けたんじゃないの？」

「老けた？　この俺が？」

「昔だったら、ほんの一時間の暇《ひま》を見つけてでも、女の元に通っていたじゃない？」

「知っているようなことを言う。君と付き合っているのは、ここ一、二年だぜ」

「でも、その前の話として聞いたもの」

「俺、そんなこと話したかな？」

「話したわよ。男って、飲むとすぐ口が軽くなるんだから」

「まあ、いいさ。それなら、それで。とにかく、そういうことを言われるんじゃ、俺もおしまいだよな」

確かに、もう二十代の体力はなかった。こういう時に、差が出てくるものなのかもしれない。

良美は結局、食事を諦めた。

桜は、資料を日曜の夕方になって、ようやく全部読み終えると、それからビールを飲みながら企画を考えた。だが、どうも帯に短したすきに長しというか、ピタリとはまるような企画が出てこない。桜は頭痛がしてきた。糸山のことだ、もし変な企画を出そうものなら、それが君の実力ですかぐらいのことは言い兼ねない。あの冷ややかな目でそんなことを言われたら、不愉快の極致に達するだろう。だが残念ながら、どうも桜の頭にはいい企画が浮かばなかった。

切羽詰《せっぱつ》まって桜は、もう一度戦後史をまとめたグラフ雑誌を見た。やはりインパクトがあるのは原爆であり、ビキニ環礁であり、第五福竜丸《だいごふくりゅうまる》の事件だろう。それを見ていくうちに、ゴジラが出てきて、桜の脳裏に一つの企画が浮かんだ。これならいけるかなと、桜はビールの残りを一気に飲み干した。

翌朝、論説委員室に出頭すると、そこに糸山はいなかった。

「三階の編集局の奥にプロジェクト・チームの部屋ができましたので、そこへ行ってください」

留守番の女性スタッフに言われた桜は、下りてみた。特別企画の時に作られる区画に、「戦後史五十年　過去から未来を見つめて」という通しタイトルの看板が掛かり、奥のデスクに糸山がいた。驚いたことに、同期の水木《みずき》もそこにいた。水木は確か、政治部で自民党の担当をしていたはずだ。

「おい、どうしたんだ？」

糸山の前に出る前に、桜は水木にこっそり声をかけた。

「主幹さまのお導きで、ここへ来ているよ」

「じゃあ、ぶっこ抜きか？」

「そうだよ」

そのことを不満に思っていることは、水木の表情でわかった。

「まっ、せいぜい名を残すため、頑張ろうぜ」

水木は諦めたように言った。

社会部の記事と違って、こういう企画ものは記者の署名が入るから、そういう意味でやり甲《が》斐《い》があると言えばあるのである。そこに活路を見いだすしか、今のところはないと水木は思っているのかもしれなかった。

「おい、桜君、企画はできたのか？」

糸山主幹が、大きな声で言った。

桜は「ええ」と頷《うなず》いて、主幹のところに行き、その前に椅子を持ち出して座ると、まずどうでもいいほうの、これは受けないだろうなと思う企画のほうから語り始めた。果たして、糸山の顔は渋くなってきた。そこで、第一の企画は早めに切り上げて、桜は二番目の企画を提案した。これも受けがよくなかった。

「もっと他に、何かいいものはないのかね」

糸山はついに言った。桜はそれを待っていたのだ。

「もう一つ、取って置きのがあります」

「何だね、それは」

「原子力です」

「原子力？」

糸山がちょっと表情を変えた。

「どういうことだね？」

「ある意味で、戦後を作ったのは原爆でしょう。原爆という巨大な、これまで人類の科学史上になかった巨大エネルギーが日本を降伏に追い込み、戦後史をスタートさせた。ところが、この時点で原子力というのはわれわれにとって呪うべき悪魔だったわけです。その後、ビキニ環礁の水爆実験や、それに伴う第五福竜丸の被曝事件などで、ますます水爆というものは悪魔の地位を確固たるものとし、それに対する鎮魂の意味も込めて、ゴジラという日本映画最大のスターとも言うべき怪獣が生まれました」

糸山は、腕を組みながら黙って聞いていた。これは、これまでの二つの企画に対する反応とは、明らかに違っていた。

「ところが、今はどうですか。われわれの今は？　高度成長経済は？　このある意味で戦争直後から見たら途轍《とてつ》もない贅沢《ぜいたく》と言うべき生活は、原発なしには動かない。かつて悪魔だったものが、いまわれわれの生活のかなりの部分を支えるものになっている。しかし、日本人は決して原子力というものに免罪符を与えたわけではないと思うんです。そのアンビバレントな心情っていうものが、今後さらに半世紀の日本を見据えるための大きなメルクマールになるんじゃないでしょうか」

「ふーん、なるほど。着眼点はいいな」

糸山は言った。糸山が前向きの評価らしきことを言ったのは、これが初めてだった。

「それはいける。だが問題は、どういうふうに料理するかだ」

「ええ、それも考えてきました」

桜は言った。企画は、最初のアイデアを思いつくのがいちばん難しくて、それさえ考えついてしまえば、その料理方法はそれほど難しくない。

「やはり、原発だと思うんです。原発から始めるのはどうでしょうか。原発という座標に立って、過去の原爆というもの、そして将来のエネルギー問題というものを見据えるということで」

「うーん……」

糸山は頷きながら、しばらく考えていた。桜の企画が本当に価値あるものか、検討しているのに違いなかった。

ややあって、糸山は言った。

「よし、それでいこう。じゃあ、直《ただ》ちに取材に掛かってくれ。君のは第一弾として、来月の月初めの朝刊に載せるからな」

「えっ?」

桜は驚いた。月初めと言ったって、それまではあと十日ほどしかないのである。準備期間としては、異例の短さだ。いや、短すぎると言ってもいい。

「主幹、それじゃあ時間がなさすぎますよ」

「何言ってんだ。社会部だったら、前夜取材してきたことが、次の日の朝刊に載っているじゃないか。それぐらいできなくて、どうする?」

「でも、これ企画記事ですよ」

「ごちゃごちゃ言う前に、まず足で取材して来い。それからだ、問題は」

桜は苦々しい顔で後ろを見た。ふと気がつくと、水木がデスクの上でこっそり顔を隠して笑っていた。

「何だ、お前かよ」

写真部に企画の説明をし、デスクにコンビとなるカメラマンを付けてもらった時、現われたのは何と良美だった。

「何だはないでしょう。私だって、写真部のエースなんだから」

「そんな若いのをエースって言うのかね」

「若さは関係ないでしょう。実力だから。で、どうしたいの?」

良美は言った。

良美はカメラマンのくせに、髪を短くしていない。ちょうど肩まであるセミロングのヘアで、お嬢さん風の顔だちだから、普通の服を着ているととてもじゃないけどカメラマンに見えない。仕事に出掛ける時は髪を後ろで束ねて、ジーパンに作業服のような上着でやってくるから、何とかカメラマンらしくはなるのだが、およそ色気のない報道カメラマンというタイプではない。桜はその点が気に入っているのだが。もっとも桜のほうも割とすらりとして、サツ廻りの記者の殺伐《さつばつ》とした雰囲気はあまりない。かつて、桜は良美から『ツイン・ピークス』の主人公みたいだと言われたことがあるけれども、本人は冗談じゃないと思っている。

「原発を撮りたいんだ」

桜は言った。

「原発って、原子力発電所？」

「そうだよ。静岡県に『スーパーみらい一号炉』というのがある。そこへ行きたいんだ」

「聞いたことない原発ね」

「いや、最近できたんだよ。まあ、最新式のと言っていいかな」

「どうして原発を撮るの？」

「『戦後史五十年　過去から未来を見つめて』っていう企画でね。まあ、車の中で説明するよ」

桜は、自分の車を用意してきていた。最近は、どこの会社も経費節減で、昔ほど黒塗りのチャーター車を出してくれない。桜は自分で車を運転して、東名《とうめい》高速を伝って行くことに決めたのだ。車の中で、桜は良美に今度の企画の概要を説明した。

「へぇ、そういう企画なんだ」

良美は頷いて、

「なかなか、おもしろい記事になりそうね」

と、言った。

「うん、やり方次第だけれどもね。とにかく日本人にとって、やっぱり原子力というのは、一つのタブーであると思うんだ。しかし、そのタブーに寄り掛からなければ生活ができないところに、われわれは追い込まれている」

「あら、でも今から切り捨てようと思えば、できるんじゃないの?」

「そんなこと、できるだろうか。もちろん、この狭い国土の中で原発がどこもかしこもあるというのは、正直言ってあまりいい気持ちはしないけれども、それがなくっちゃ朝、暖められた部屋の中でコーヒーを飲むなんていうことはできないぜ」

「そうかもしれないけれども、やっぱり地球環境ということを考えたら」

「うん、地球環境を考えるからこそ、むしろ化石燃料を燃やすんじゃなくて、クリーンなエネルギーが必要なんじゃないか」

「でも、原発がクリーンなエネルギーかどうかわからないでしょう。だって、あれは放射能廃棄物を生み出すじゃない」

「まあ、そうだ。でも、ここで争っても始まらないじゃないか。とにかく、そういうことは記事の中に反映していけばいいんだから。君の意見は十分によくわかったから」

「ありがと」

「それより、写真のほう、しっかり頼むぜ」

「それは侮辱だよ」

良美は口を尖らせて言った。

「侮辱かな」

「そうよ、男女差別よ」

「男女差別？」

「あなた、もし私が男のカメラマンだったら、そんなこと言った？　ちゃんと写真撮ってくれよなんて」

「――――」

「言わないでしょう。どうして、私にはそういうこと言うのよ。私があなたに『ちゃんと記事書いてよ』って言ったら、あなたむっとするんじゃないの？」

「まあ、そうだな。わかったよ、謝るよ」

スーパーみらい一号炉は、東名高速を静岡インターで下りて、真っ直ぐ海岸のほうに行ったところにあった。海岸にまさに海に面する形で、その巨大な施設は建っていた。

警戒も厳重だった。ゲートのところで身分証明と取材許可証を見せ、桜と良美は原子炉の領域内に入った。駐車場に車を止め事務所に行くと、作業服を着た男が二人を出迎えた。

「ようこそ、いらっしゃいました」

度の強い眼鏡を掛けたその男は、名刺を出すと二人に渡した。桜も名刺を渡した。

「彼女は、カメラマンの金村《かねむら》君といいます」

「金村です、よろしく」

良美は頭を下げた。

「よろしくお願いしますよ」

その広報担当者は、佐々木《ささき》といった。佐々木は、

「いやあ、マスコミさんの単独取材は珍しいんですよ」

と、言った。

「そうなんですか」

「ええ。見学会とか、そういう節目節目《ふしめふしめ》の行事には皆さん来てくださるんですけれども、普通の日常を見たいという人はあまりいらっしゃいませんね。時々テレビの資料用ＶＴＲの撮影があるくらいですかね」

「やっぱり原発は怖いんじゃないんですか？」

桜は言った。

佐々木は苦笑して、

「いえ、怖いことなんかありませんとも。まず、着替えて、これを着ていただきましょうか」

と言って、佐々木はヘルメットと大きなレインコートのようなものを出してきた。

「これは放射能避《よ》けですか」

「いや、見学コースには放射能なんか漏れていませんから、大丈夫ですよ。ただ、万一のことを考えて、これぐらい身につけていただかないと」

「万一といいますと？」

桜は追及した。

「いや、困ったな。万一というのは、万一なんです」

「でも、地震なんかの時ですか？」

「いや、地震でもこれは大丈夫なんです。ご存じかと思いますが、原子力発電所は関東大震災の三倍の力にも耐えるように設計されています。

じゃあ、参りましょうか」

佐々木は先に立って、原発の屋内に入った。

桜は、特に専門的な知識はなかったので、原発と言っても今まで何度もテレビなどで見たものと、それほど変わりはないなと思った。もちろん、主要な部分は分厚いガラスで仕切られ、その奥を覗き込む形になっている。

「この原子炉の出力は、どれぐらいでしたっけ?」

桜は歩いてパンフレットを見ながら佐々木に関いた。そのことは、もちろん書いてあるが、確認のためだ。

「三〇〇万キロワットです」

「それは日本一ですか?」

「そうですよ。これぐらいの巨大容量の原発は、世界でも珍しいです」

良美は、あたりを撮りまくっていた。

「いま、日本の電力の三〇パーセントは原子力によって支えられています。これがなければ、日本の市民生活は成り立ちません」

佐々木は説明を始めた。

そのことについては桜もよく知っていた。しかし、こうして原発の中に入ってしまうと、やはり安全面のことが気にかかる。

「佐々木さん、僕もそのことについては少し調べてきたつもりなんですけれども、原子力発電、いや原発の安全確保という問題がいちばん国民の最大関心事だと思うんですよ」

「もちろん安全ですよ」

佐々木はきっぱりと言った。

「でも、やはり予想される危険事態というのがあるでしょう。例えば、地震などの天変地異《てんぺんちい》による破壊、それから原子力発電そのものの故障・障害、そして後はテロリストによる攻撃などですけれどもね」

「確かに、おっしゃるようなことはよく言われるんでね、われわれも認識していますからね。例えばチェルノブイリ事故なんかを、よくマスコミの方は例に出されるんですけれども、チェルノブイリ発電所の炉型及び基本設計というのは、この日本のものとは大きく異なるんですよ。そればかりではありませんよ。運転要員の重大な規則違反があったんです。つまり、あれは日本では構造的に言っても、あるいは人員の組織的な問題から言っても、起こり得るはずのない事故であって、そういう意味から言うと、チェルノブイリのことで日本の原発がどうのこうのって言われるのは、例えばロシア製の故障しやすいテレビなんかと日本のテレビを比べるようなもので、まともな比較とは言えないですよね」

「でも、日本の原発も事故を起こしましたよね」

良美が突然言った。

「確か、美浜だったかしら」

「あっ、美浜事故ですか。あれは九一年二月でしたな。美浜二号炉で起こった事故でしょう。あれは蒸気発生器の伝熱管というところが破断したんですがね。しかし、すぐに緊急安全装置が働いたので、事なきを得たんですよ。

その安全装置、ご覧にいれましょうか」

「ええ、ぜひ」

桜は頷いた。

佐々木は、原子炉の中央コントロール・ルームに二人を案内した。

「これが原子炉の心臓部です。原子力発電所の心臓部とも言うべき部署です」

と、佐々木は言った。

多くの操作パネルがあり、そこには多くのエンジニアがそれを操作していた。

「こちらへ来てください」

と、佐々木は二人を導いた。

「普通の人はここまで入れませんけれどもね。これが、この原子炉のすべてをコントロールしている、メインコントロール・パネルです。ここにあるのが、非常用炉心冷却装置です」

そこには赤いボタンがあって、プラスチックのカバーが掛けられていた。

「いざとなったら、このボタンを押せば、原子炉は三分以内に停止します。これは最新式装置ですから、何の危険もありませんよ」

「これが、いわゆる炉心急速冷却装置というやつですか」

「そうです」

「じゃあ、例えばいまここで突然、大地震が起こっても？」

「そう、このボタンを押せばいいんですよ。大地震が起こった場合は、もちろんその場でわかりますし、しかも気象庁とのホットラインですぐ警報が出るから、津波の危険性も予測できます」

「なるほど」

桜はそう言われてみて、ふと引っ掛かった。津波という言葉についてである。考えてみれば、この原子炉は海岸線に建っている。津波の影響を最も被《こうむ》りやすい場所だ。

「佐々木さん、津波がもし起こったら、ここ直撃を受けるんじゃないですか」

桜は、思わず言った。

佐々木はそれを聞くと、露骨に不快な表情を見せた。

「何で、ここに建てたんですか。ここより、もっと内陸部のほうが安全じゃないですか」

「いや、それはね――」

佐々木は言葉を選んでいたが、

「住民の反対等、いろいろありましてね。われわれも、もう少し海岸線より引っ込んだところに建てたかったんです。だけれども、残念ながら、地元住民のコンセンサスが得られませんでね」

「もし、佐々木さん、もし地震が起こって、この原子炉の建物が壊れるようなことが起こって、そこに津波が押し寄せてきたらどうなるの？」

良美の言葉に、佐々木は一瞬絶句した。

「だって、それってちょうど沸騰して焼け焦げたものに、いきなり水かけるようなものでしょう？　大爆発にならないの？」

「そんなことにはなりませんよ」

佐々木はため息をついて、

「どうか、そんなこと新聞に書かないでくださいね。いたずらに住民の不安を煽《あお》るようなことになりますから」

「でも、本当に大丈夫なの、佐々木さん？」

良美が言った。

「大丈夫ですよ。先ほど申し上げたように、この建屋《たてや》はですね、関東大震災クラスの地震に耐えられるぐらいの強度があるんです。関東大震災クラスですよ。そんな地震は、理論上は起こりっこないんです。起こりっこないんですから、そんな心配はないですね」

「でも、それは確かなことなんですか」

「確かですとも。一級の建築学者の折り紙付きなんです。去年、ロサンゼルス大震災がありましたよね。あの時、ロサンゼルスでは相当数の高速道路が落ちたり、建物が壊れたりしたんですけれども、日本は絶対安心ですよ、そんなことはあり得ない」

「――――」

「昔、ほら、『日本沈没』っていう小説を書いた小説家がいたでしょう。あの中でね、日本沈没の際に大地震が起こって、高速道路の橋脚が次々に倒れるなんていうシーンがあったんですけれどもね。あれ、地震学の専門家はそんなことあるはずがないってクレームをつけましてね。その結果、映画版の『日本沈没』では、そのシーンはカットされたという噂ですよ。まったく、SF作家っていうのは。おっと、これはオフレコにしてくださいよ」

佐々木はあわてて言った。

「そうですか。まあ、他にもいろいろと見せていただけるんでしょうね」

「ええ、どうぞ。別に秘密っていうことはありませんから」

佐々木は言った。

その時だった。

今まで一度も聞いたことのないような、それこそ大地の底から響くような大きな音がした。そして次の瞬間、まるでジェットコースターに乗っているように、誰かに胸ぐらを摑《つか》まれて振り回されているように激しい揺れを感じた。もちろん、良美も桜も悲鳴をあげた。何が起こったのか一瞬わからなかった。

「地震だ」

それに気がついた時は、桜も良美もコントロール・ルームの床に叩きつけられていた。佐々木はと見ると、腰を強く打ったのか、痛みを堪《こら》え兼ねる表情をしている。

桜は、あわてて操作パネルのほうを見た。操作パネルの前に座っていたエンジニアが、椅子ごと撥《は》ね飛《と》ばされて倒れている。どうやら、頭を強く打ったらしい。

「佐々木さん、炉心の緊急冷却装置は？」

「待ってください」

佐々木はあわてて起き上がろうとした。

その時だった。突然、アラームが鳴り始めた。

「緊急退避、緊急退避」

おそらくテープの声だろう。機械的な声が発電所中に流れた。

「いったいどうしたんです？」

桜は、佐々木の胸ぐらを摑んで問い詰めた。もう揺れは収まっていた。後から考えてみたら、揺れというのは、ほんの一分も続いていなかったに違いない。だが、桜はその時は必死だった。

「どういうことなんです？」

「信じられない。退避警報が出るとは」

「退避警報は、どんな時に出るんですか」

「原子炉そのもの自体に破損が起こった場合です」

「破損？　関東大震災クラスでも大丈夫って言ったじゃないですか」

「確かにそのはずなんだが……」

佐々木は、呆然自失《ぼうぜんじしつ》していた。

「炉心の緊急停止装置のボタンを押したら？」

良美は叫んだ。

桜が立って、構わずそのプラスチック・ケースの蓋《ふた》を開けボタンを押そうとすると、

「待ってください」

と、佐々木があわてて言い、その桜の右手を掴んだ。

「どうして止める？」

「今さら、冷却水を入れても間に合いませんよ。壊れたところに冷却水を入れたりしたら、むしろ爆発する恐れがある」

その時に、まるで佐々木がその言葉を言うのを待っていたかのように、気象庁からの緊急警報が流れた。

「津波警報です。津波警報です。あと五分後に、太平洋沿岸を巨大な津波が襲う恐れがあります。関係者の皆さんは十分注意してください」

「津波だって？　いったいどうなるんだ」

「もう駄目だ」

佐々木は、頭を抱え込むようにして倒れた。

「何とかならないのか。このままだと、どうなるんだ？」

それから、桜も良美も何をしていいのかわからなかった。いや、正確に言えば、自分が今ど

こで何をしているのかも意識できなかったと言っていいかもしれない。あとわずか数分後に迫った死。それも、極めて突然のことである。

「とにかく逃げよう」

桜は良美の手をとった。

「どこへ逃げるの?」

「いいから。とにかく車に飛び乗って、ここからできるだけ遠ざかることだ」

桜は、良美の手を引っ張って、廊下を駆けた。

だが、巨大津波はその足よりも速かった。地震によって、巨大な亀裂を生じた原発に、津波が覆いかぶさるようにして、最後のダメージを与えた。それがきっかけで、大爆発が起こった。

第二章　扶桑国《ふそうこく》人民政府

1

　ふと気がつくと、目の前は真っ赤だった。桜はあわてて飛び起きた。しばらく、自分を取り戻すのに時間がかかった。何がどうなっているのか、わからなかった。周りが燃えていると錯覚したのだった。だが、気を取り直してよく見ると、それは夕焼けだった。周りが真っ赤に染まっているのは、太陽が没しようとしているからなのである。

　いったいどういうことなのだ。桜は自分の体を触ってみた。不思議なことに、ケガもしていなかった。服にも異常がない。

（良美）

　桜は、あわてて周りを探した。二人は小高い丘の上にいたのである。その草原の中に、良美が倒れていた。桜はあわてて良美を起こした。意識を取り戻さないので、二、三発平手で殴った。

ようやく、良美は意識を取り戻した。

「ここはどこ?」

「わからない」

「私たち、どうなったの?」

「わからない」

桜は立って、辺りを見回した。普通の町である。なだらかに広がる小高い丘から見下ろすと、下のほうには民家が建ち並び、野球のグラウンドもある。そして、その先には海が広がっている。取り立てて代わりばえのしない風景である。ただ、何となく違和感があった。説明はできないが、何か違うものを感じるのである。

「ねえ、私たち、死んだんじゃなかったの?」

良美は言った。

「ああ、俺も死んだかと思ったよ」

「ね、あれ夢じゃないわよね」

「夢じゃないさ。われわれは静岡県に、あの原発の取材に行って、そこで地震が起こり、緊急炉心停止装置も働かずに、大爆発が起こった」

「そう、核爆発かしら」

「それはわからないけれども、もし核爆発なら、俺たちは今ここで立っているわけがないだろう？」

「でも、ここどこよ？　あそこじゃないでしょう？」

「そうだな。どこなんだろう」

桜は辺りを見回した。やはり日本である。この風景は日本独特のものだ。住宅の並び方や、建物の個々の特徴一つ一つをとってみても、日本は日本である。中国とも韓国とも違うし、アメリカとももちろん違う。同じ瓦葺《かわらぶ》きの屋根を使うといっても、日本家屋と中国の家屋はやはり違うのである。そのいかにも日本らしい建物も、あちこちにあった。

「とにかく下の町へ行ってみましょうよ。ここがどこなのかわかるじゃない？」

「そうだな」

桜は良美を連れて、その丘を下りることにした。丘から下へ下りる道は舗装もされていない、ただの砂利道であった。電柱が立って、街灯が途中に一つだけあった。

（ずいぶん古ぼけた街灯だな）

桜は思った。今時珍しい、コンクリートではない真っ黒に塗った木製の電柱で、その上に点《つ》いている電気も明らかに蛍光灯ではなくて、普通の電球である。昔、子どもの頃はよくあったものだが、こんな古いものが未だに残っているっていうのは珍しいことだと、桜は思った。

ちょうど坂を下りたところに、野球のグラウンドがあった。グラウンドといっても、ナイター設備もなく、金網もなく、観戦スタンドもない。ただの運動場のようなもので、しかもグラウンドの整備状況は一目で悪いとわかった。そこで、数人の男が野球の練習をしていた。それを見守っている男がいる。野球帽を被《かぶ》り、バットを杖のように立てて、粗末な椅子に腰掛けている。このチームの監督といった様子であった。

桜は、その男の後ろから声をかけた。

「こんにちは」

男は振り返った。

「やあ、こんにちは、同志」

同志と突然言われたので、桜は面食らったが、こういう時、相手の言うことに逆《さか》らわないのが取材のコツである。桜も、その方式でいくことにした。

「野球の練習ですか？」

「そう。今度、大会があるんでね。われわれの組が勝つことは間違いないけども」

「へぇ。チームの名前は何ていうんですか」

良美が聞いた。

「チーム？　あっ、そうか、チーム、組のことだな。組の名前は大鷲組《おおわしぐみ》だよ」

「大鷲組。へぇ。じゃあ、ご商売は建設会社ですか？」

桜は言った。

あまり資金が潤沢《じゅんたく》ではなさそうだった。着ているユニフォームは継《つ》ぎ接《は》ぎだらけだし、バットも薄汚れている。それどころか、野球帽にさえ継ぎが当たっているのだ。今時、継ぎの当たった帽子を被っている人間なんか、まずいない。

その初老の男は、首を傾げて、

「会社？　変なことを言う人だね。そんなものじゃないよ。われわれは、れっきとした労働者の集まりなんだから」

その男は明らかに怒ったように見えたので、桜は次の質問を控えた。次の質問というのは、そのグラウンドの奥に立っている旗のことであった。真っ白な地に赤い星が描かれている。それが、たぶんその実業団の旗だろうと思ったのだが、どうも見込みが違ったらしい。

「すいません。ちょっと事情がよくわからなかったもので。お気に障《さわ》ったら許してください」

桜はあわてて謝った。

「いや、別に怒っちゃいないがね。怒ってはおらんが、あなたたちは外国帰りかな？」

男は言った。

「そうです」

「職業は何ですか」

「新聞記者です」

「ああ、そうでしょう。そうだろうと思った。そういう服装をしている人は、珍しいもんな」

と、男は笑った。

桜はあわてて自分の服装を見た。普通の背広に普通のネクタイである。どこと言って、おかしなところはない。何か変だ。桜の頭の中に、疑問が湧いてきた。

桜は良美を引っ張って、少し男から離れた。

「おい、いったいどういうことなんだい？　何か変だぜ」

「ひょっとしたら、タイムスリップしたんじゃないの？」

「タイムスリップ？」

「だって、私たちは、あの爆発で吹き飛ばされたはずでしょう？　だけど、こうして生きているじゃない？　ということは、吹き飛ばされ過ぎて、どっか未来か過去に来ちゃったんじゃない？」

「どう考えても未来じゃないな、ここは」

「でも、どうやって確かめる？」

「わかった。ちょっと確かめてみよう」

桜は男のほうを振り返った。

「すみません、今年って何年でしたっけね？」

「何年？」

「ええ、千九百何年でしたっけ？」

「九五年だろう？」

男は答えた。

桜は内心ほっとしたが、男は続いて変なことを言った。

「だけれども、そういう西暦を使うのは、やめようっていうことになったんじゃなかったっけな」

男は咎《とが》めるような目付きをした。

「えっ、西暦じゃ駄目なんですか」

「そうだよ。あなた、外国にずっといたのかね？」

「ええ、実はそうなんです」

「何だ、そうか。でも、革命暦を使おうということになったのは、ずいぶん前のことだけど」

「革命暦？」

桜と良美は、再び顔を見合わせた。男は二人が戸惑っていることにさらに不審がり、聞いてきた。

「あんたたち新聞記者だと言ったね」

「そうです」

「それでどこの新聞？　人民日報、それともボストーク？」

「いや、それじゃないんですけどね。ちょっと取材したいと思いまして」

「ああ、そうかそうか。彼の取材に来たんだな」

監督らしい男は、何度も頷いた。

「それはそうだ。まあ、痩せても枯れても名選手だしな。あれほどの三塁手は、私もあまり見たことがない。キューバにも、これほどの名選手はおらんのじゃないかな」

「キューバですか」

突然キューバの名前が出てきたので、桜はますます戸惑った。そして、視線をグラウンドに移した。そこに三塁手がいた。背が高く、体が引き締まっている。ただ、よく見ると顔には皺《しわ》が刻まれ、相当な年齢であることがわかる。その選手は猛烈なノックを受けていた。

「おい、もう一丁いくぞ」

ノッカーが声を掛けて、三塁手に猛烈なゴロを浴びせた。その三塁手は、まさに華麗としか言いようのないフィールディングで、球をすくい上げるようにして取った。

「ハラショー」

ノッカーが叫んだ。

「もう一丁いこう」

今度はノッカーは、三塁線ギリギリの極めて取りにくいゴロを打った。しかし、その矢のようなゴロを、その三塁手は横っ飛びに飛びつくと、まるでお手玉を操るようにポンポンと事もなげに取ってみせた。

「ハラショー。これでやめておこうぜ」

ノッカーは叫んだ。

その男は大げさな身振りで近づくと、「スパシーボ」と言って、両手を大きく広げた。

「『スパシーボ』ってどういう意味だっけ？」

聞いていた良美が言った。

「ロシア語で『ありがとう』だよな、確かな」

桜も首をひねった。

「何でロシア語なんか使うのかしら？」

監督は立ち上がって、男たちのほうへ近づいた。

「ご苦労。今日の練習はこれで終わりだ。あっ、チョーさん、ちょっと残ってくれ」

と、監督は三塁手に声を掛けた。

「君に聞きたいことがあるそうだ。新聞記者さんが来ている」

新聞記者という声を聞くと、その男は目を輝かせて近づいてきた。帽子を取ると、その坊主刈りの頭はところどころゴマ塩のように白くなっている。日に焼けて精悍《せいかん》な顔には皺が刻まれている。しかし、その動作はきびきびとして、とても顔から判断するような年齢には見えなかった。

「いやあ、記者さんですか。いいな、いろんなところに行けて。僕も、生涯に一度はキューバに行ってみたいと思っているんだけれども」

男はとても明るい調子で、そう声を掛けた。

桜と良美は、まだ事態が呑み込めずに息を呑んだ。ポカンとしている二人に、監督が不思議そうな顔をした。

「ええ、そうです」

「何だ、彼の取材に来たんじゃないのか？」

桜の中で、ある考えが脳裏に浮かび上がってきた。まさかと思った。しかし、他に考えられない。その考えが正しいと覚《さと》ったのは、監督の次の言葉である。

「じゃあ、ご紹介しよう。この男が首領様《しゅりょうさま》本塁打で名高い、日本一、いやもとい、扶桑《ふそう》一の三塁手だよ」

もう間違いはなかった。桜は一歩、二歩とその男に歩み寄ると、その底抜けに明るい笑顔に向かって言った。

「じゃあ、あなたは長嶋茂雄《ながしましげお》さんですね？」

「ハイ」

その継ぎ接ぎだらけのユニフォームの男は、はっきりと頷いた。

2

桜も良美も思わずその男を凝視し、そして顔を見合わせた。

「この人、長嶋さん？　あのジャイアンツの？」

良美が言った。

桜は頷いた。

「そんなばかな！」

良美は叫んだ。

「だってそうじゃない。何でこの人が長嶋さんなのよ」

それを聞いて、男のほうが怪訝《けげん》な顔をした。

「何かおかしいですか。僕は長嶋ですけど」

男は良美に向かって言った。

「でも、本当にあなた、長嶋茂雄さんなの？」

良美は改めてその男の顔を見つめ直した。

「あっ、シゲオじゃありませんよ。シゲタですよ」

と、男は言った。

「シゲタ？」

良美は首を傾げて、

「どういう字を書くの」

「繁茂《はんも》の茂に太いという字ですよ」

「なんだ、びっくりした」

良美はほっとしたように桜の胸をつついて、

「違うじゃない、この人。やっぱり長嶋茂雄さんじゃなくて、長嶋茂太さんじゃない。ジャイアンツの長嶋さんとは違うわよ」

「いや、必ずしもそうとは言えないぞ」

桜は良美の首根っこを摑むと、強引にグラウンドの端っこに引っ張り出した。

「何するの、痛いじゃない」

良美は抗議した。

「いいから、ちょっと聞けよ。ひょっとしてここは別の世界じゃないのか」

「えっ、別の世界？」

良美は一瞬首を傾げ、そして笑い出した。

「どうして？　そんなことがあるわけないじゃない」

「あるわけないって、どうして言える？」

桜は真面目な顔をして言った。

「われわれは確かに先ほどまで、ほんの少し前まで静岡県の原発にいた。そこが大地震で崩壊して吹き飛ばされた。死んでるはずだ。そうだろう？　だけどこうしてここに立っている。しかもここは一九九五年の日本のはずなのに、どうしたってわれわれの感じている日本とは違う」

「そんなばかな。どこかの田舎町にでも来ただけよ」

「どうやって来た？」

「――」

「そうだろう？　われわれは普通の手段でここに来たわけじゃないんだ。明らかに何か超常現象が起こって、われわれはここにいるんだ」

「でも、あの人は長嶋茂雄さんじゃないじゃない。私たちの知っているジャイアンツの長嶋さんじゃないでしょう」

「そうだよ。だからさ、つまりあれはこの世界における長嶋茂雄なんだ」

「どういうこと？」

「つまり、その――」

桜は言葉に詰まった。

「何ていうか。そう、パラレルワールドとでもいうか」

「パラレルワールド？」

「そう。ＳＦによくあるじゃないか。パラレルワールドって、要するにこの世界と同じような世界が複数存在して、同時に存在していて、少しずつ運命が違っているっていう」

「そんなことってあると思ってるの？」

（女はいつも現実主義者だ）

と、桜は思った。

これだけ異常な状況である以上、通常の常識で物事を判断するのはおかしいのだが、良美はどうしてもこの常識にこだわりたいらしい。

「わかった。じゃあ彼に聞いてみようじゃないか」

桜は提案した。

「彼って、あの長嶋さんのこと？」

良美は聞き返した。

「そうだよ。ちょうどいいじゃないか。彼らはわれわれを新聞記者だと思っている。そして、インタビューに来たと思っているわけだろう。だから、それを利用していろいろ聞いてみようじゃないか。それで、僕の言っていることが正しいかどうかわかるさ」

桜は先に立って、長嶋と名乗る男のところに歩み寄った。

「じゃあ、ちょっとお話聞かせてもらっていいですか」

「いいですよ」

長嶋は快活に答えた。

「でも、ここじゃあなんだから、僕のうちに来ませんか」

長嶋は誘った。

「あなたのお宅、近いんですか」

「ええ、すぐですよ。ちょっと待ってて。じゃあ監督、失礼します」

長嶋は監督に挨拶すると、小走りに行って道具をまとめると、自転車を引っ張ってきた。それは大きなごつい、ひと昔前の新聞配達の少年が使っていたような自転車だった。荷台に粗末な木箱がくくりつけてあり、その木箱の中に長嶋は野球用具を入れる。バットはタオルのようなもので器用に車のわきにくくりつけた。

「さあ、行きましょうか。あなたたち、車は？」

「いや、車には乗ってこなかったんだ」

桜は言った。

「いいよな、車は。新聞記者って車に乗れて」

長嶋は言った。

「えっ？　あなたは持ってないの？」

良美が言うと、長嶋はちょっと逡巡《しゅんじゅん》したように、

「そんな、僕たちみたいに野球なんかやっている人間が、持てるわけないじゃないですか。『英

雄』とか『勝利』とか、まああれは無理でもせめて『労働一号』ぐらいに乗ってみたいな」

「えっ？　労働一号？」

桜は首をひねった。

「それ、車の名前でしたっけ？」

「へえ、新聞記者さんなのにそんなことも知らないの」

長嶋は笑って、

「ほら、東ドイツの何とかいったな、トラ、トラ、トラビアント？　あっ、トラバントか。トラバントっていう車をこちらで造ったものですよ。プラスチックが使ってあって、非常に軽くて速くて」

「ああ、トラバントね。ああ、トラバントなら知ってますよ。それが労働一号なんですか」

「そうですよ。ああ、そうか。さすが記者さんだな。トラバントのほうは知ってるんだ」

長嶋茂雄、いや茂太は自転車を器用に押して歩きながら、桜の質問に答えていた。

間もなく川の土手に出た。きれいな川である。その川の向こうに、大きな夕日が沈もうとしていた。

何となく懐かしい風景だな、と桜は思った。

長嶋の家は、その川沿いの道を十分ほど歩いた土手の内側にあった。粗末な木造トタン屋根の家で、玄関というほどのものはなく、外の壁に張りついたドアの前に靴ぬぎ石のようなコンクリートの塊《かたま》りが置いてあるだけだった。そこを上がって扉を開くと、いきなり部屋の中だ。もうそこが居間である。

丸い卓袱台《ちゃぶだい》の周りに汚ない年代物のテレビと、わずかばかりの家具が置いてあった。棚の上には、いかにも大ぶりだが一目で細工が悪いとわかる、野球選手をかたどったトロフィーが、いくつか置かれている。

「お帰りなさい」

決して若くはないが、昔は美人だった面影を残す女が迎えに出た。割烹着《かっぽうぎ》を着ている。

「家内です。こちら新聞記者の、えーと、ああ、お名前は？」

「あっ、すいません、桜です」

「私は金村です」

桜と良美は自分の名前を名乗った。

長嶋は急に妙な顔をした。

「桜さん？　え、あなた、じゃあ改姓はしてないの？」

「カイセイ？　どうして改姓するんですか」

桜の質問に長嶋はますます妙な顔をして、

「あれっ？　だって、ああいう軍国主義や戦前の超国家主義を思わせるような姓は、全部改姓したんじゃなかったっけ？　あなた、人民委員会に何も言われなかったの？」

「人民委員会？　えっ、ええ。いや、僕はサクラはサクラでも佐藤の佐に倉の倉ですから」

桜はとっさにごまかした。

「ああ、何だ。僕の生まれ故郷のほうの佐倉か。ああ、びっくりしたよ。花のほうの桜かと思った、桜追放運動の。そうか、その佐倉さんならいいよな」

長嶋は妻に向かって言った。

「ええ、桜追放運動も、もう長いわね」

「桜追放って、あの樹《き》の桜を追放するんですか」

良美は聞いた。

「そうですよ。桜はもうこの辺りは全部なくなっているし、ほかにも残っているところはないでしょうね」

良美は青ざめて桜を見た。桜は黙っているように目顔で言うと、長嶋に勧められて卓袱台の前に腰を下ろした。

「さっそくインタビューに入りたいんですけれど、いいですか」

桜は言った。

その言葉を聞いた途端、長嶋は妙な顔をした。

すぐに桜は気づいた。「インタビュー」という英語がまずかったのだ。

「ごめんなさい。つい、向こうにいたもんで、英語が出てしまってごめんなさい。つまり、あなたにお話を聞きたいということです」

桜は言い直した。

「ああ、お話ね。へえ、お話のことを英語ではインタビューっていうんですか」

長嶋は一人頷いて、

「じゃああなたは、アメリカにも行ったことがある？」

「ええ、ありますよ。特派員としてね」

桜は適当に調子を合わせた。

実際にアメリカに行ったことは何度かあるが、もちろん特派員としてではない。ただ、そのことを説明するのは難しそうだ。

桜の予想は当たっていた。

「アメリカか。一度行ってみたいような気もするよな。何ていったって、あそこは野球の本場だから」

「あなた」

と、長嶋の妻が叱るような口調で、

「めったなことは言わないほうがいいわよ。人民委員会の人が聞いてたらどうするの。反革命分子と思われるわよ」

「うんうん、そうか。いやあ、アメリカには大リーグがあるんだよね。大リーグっていうのは、相当強いのかな」

「そりゃあ強いでしょう。プロフェッショナルですから、プロですからね」

「プロ？」

「あっ、そう、いや職業野球ですよ」

「ああ、職業野球ね。昔はあったんだな、この国に」

長嶋は、ちょっとうらやましそうな顔をした。

桜は逆に気の毒になった。この世界の長嶋茂雄、いや茂太は、プロ野球の隆盛というものをまったく知らないのだ。

桜はその思いを懸命に押し隠すと、言った。

「それじゃあ、始めさせてもらいますが、長嶋さん、野球を始めるきっかけは何だったんですか」

「いや、学校でやっててね。小さい頃遊んでたんですよ、それで」

「いわゆる野球ごっこですか」

「そうですね。まあ、ごっこって言ったほうが確かだね。ただ、やっぱり途中で革命が起こってからは、しばらく野球禁止になったでしょう。だから、その間のいわゆる一つのミゾってやつかな。それが大きいよね」

桜は、ちらりとわきで聞いている良美に視線を走らせた。良美がごくりと生唾《なまつば》を飲み込むのがわかった。

会話をさえぎるように、

「あなた、ちょっと買い物に行ってくるわ」

と、妻が買い物籠をぶら下げて突然立ち上がった。

「何だ、お客さんが来てるのに」

長嶋は嫌な顔をした。

「お茶がないのよ。買ってくるわ」

「お茶？　この間配給があったばかりじゃないか」

「ええ、でも、あれカビが生えてたのよ。ちょっとお客様には出せないから」

「そうか。それじゃあ仕方がないな」

長嶋は不承不承《ふしょうぶしょう》頷いた。

「あっ、どうぞおかまいなく。すぐに失礼しますから」

桜は声をかけた。

「いえ、どうぞごゆっくりなさってください。すぐに戻りますから」

彼女はそのまま出ていった。

桜はぜひ聞きたいことがあった。この革命はいつ起こったのか。そして、誰が革命の主人公だったのか。

しかし、ダイレクトに聞くのは難しい。桜は質問を変えた。

「長嶋さん、あなたの一番思い出に残っているのは、何ですか」

「ああ、そりゃあやっぱりジンタイで打ったサョナラホームラン、いや、サヨナラ本塁打だよ。あれはやっぱり思い出に残ってるな」

長嶋は嬉しそうに言った。

「ジンタイって？」

桜はまた、聞いた。

「あなたも変な人だな。人民体育大会に決まってるじゃないですか。人民体育大会で首領様臨席の下に、僕はサヨナラの本塁打を打ったんだよ。あれは一時新聞にも載ったし、大したもんだって言われたんだけどな」

「ねえ、ちょっと」

良美が耐えかねて桜の腕を引っ張ると、耳元で小声でささやいた。

「首領様って誰のことなのよ」

「静かにしろよ。これからそれを聞こうとしてるんじゃないか」

「首領様からあなたに対して何かお言葉があったんですか」

「えっ、知らないの。有名な話ですよ。『野球というのは面白いものだな』とおっしゃったんですよ。あれでようやく人体の正式種目として採用されたんだから」

「じゃあ、それは長嶋さんの功績なんだ」

「そうですよ。僕が自慢できることはそれだけだもんな」

「その時、首領様の名を叫びましたか」

桜は言った。

その「首領様」なるものが、その革命の主役であることは明らかだった。

「いやあ、その時は叫ばなかったけどね。後でみんなで、ほら、名前を連呼したじゃない。その時には、一緒に私も唱和しましたよ」

「どういうふうに？」

その問いに、長嶋は再び怪訝な顔をした。

「どういうふうにって？」

「いや、つまり名前ですよ。名前をどういうふうに叫んだかって」

「ああ、それは決まってるじゃないですか。いつものように万歳してさ。それから――」

と、その時だった。突然ドアが乱暴に開けられた。

桜が驚いて振り返ると、そこにはまるで戦前の憲兵のような軍服を着た、目付きの鋭い男たちが数人立っていた。その後ろに長嶋の妻がいる。

「何だ？　これはどういうことだ」

長嶋が甲高《かんだか》い上ずった声で叫んだ。

「あなた、この人たち何かおかしいわよ。きっとアメリカのスパイに違いないわ」

「アメリカのスパイ？」

長嶋は目を丸くした。

「いや、違う。僕たちはそんなものじゃない」

桜は叫んだ。

「じゃあ、身分証明書を出してみろ」

憲兵の中の長らしい男が叫んだ。

桜は詰まった。そんなものがあるわけがない。

隊長はせせら笑って、

「新聞記者だと言っていたな。いったいどこの新聞だ？　名乗ってみろ。身分を問い合わせてやる」

「それは」

「問答無用だな。お前たちほど間抜けな奴はいない。今度スパイとして来るなら、もうちょっとこの国のことを勉強してから来るんだな。逮捕しろ」

隊長は言った。

抵抗する間もなかった。桜と良美はあっという間に手錠をかけられた。

「人民の名において、扶桑国《ふそうこく》人民政府を代表して、お前たちを連行する」

「扶桑国？」

桜は聞きなれぬ言葉に、思わず隊長の顔を見た。

3

桜と良美は、もといた日本の昭和三十年代に走っていたような古ぼけたバスに乗せられ、町の中央部にある建物に連行された。

建物の前で車を降ろされた時、桜はその石造りの極めて威圧的な建物の頂上に、一旒《いちりゅう》の旗が翻《ひるがえ》っているのを見た。白地に赤い星のあの旗である。

（やはりそうか）

桜は納得した。これはこの国の国旗なのだ。

桜と良美はそれぞれ別の部屋に連行され、取調べを受けた。まるでどこからか血の臭いが漂ってくるような、陰鬱《いんうつ》な部屋である。床はこげ茶色の分厚い木の板で、四方の壁はよく見たこともない石であった。

部屋の奥には明かりとりなのか、鉄格子が入った窓が一つだけあり、大きな机が置かれている。その机の前の粗末な椅子に、桜は無理やり座らされた。手錠はかけられたままである。

軍服姿の隊長らしき男は机の前にある大きな椅子に座り、机ごしに桜を睨《にら》んだ。

「お前の本当の名前と階級と、わが扶桑国への潜入目的を言え」

桜は当惑した。別に隠すつもりはない。しかし、本当のことを言ったところで、精神障害者扱いされるのがおちであろう。

いや、それならまだましだが、おそらく嘘をついていると思われるだろう。その嘘に対して、本当のことを吐かせようと奴らが考えたら、いったいどういうことになるか。桜は思わずぞっとした。

「黙っとらんでしゃべらんか！」

男は突然、大声を上げた。

「あなたのお名前をまだうかがっていませんが。私は桜浩行といいます」

「ほう」

男は今度は冷笑を浮かべて、

「サクラとはな。その名前も、お前が外国のスパイであることを証明しておる。それにしてもわしの名を聞くとは、いい度胸だ」

男は「わし」と言ったが、それほどの年でもなさそうだった。おそらく三十代前半である。だが、ことさらに武張《ぶば》った物言いで、まるで昔の映画に出てくる軍人を見ているようだった。

「いい度胸だ。教えてやろう。わしは、この扶桑国人民委員会直属の情報局査察部の村上《むらかみ》少佐だ。言っておくが、これまでわしに逆らって命を全《まっと》うした人間はいない。そのこともよく覚えておくんだな」

「何から話していいのか」

　桜は正直に言った。

「まず、名前と階級を名乗れと言っておるだろう」

「名前はすでに言いました。階級は特にありません。軍人ではありませんので」

「ほう。軍籍を持っとらんのか。ならば、民間人ということになるが、アメリカのＣＩＡの局員か」

「いえ、ＣＩＡとも関係ありません」

「おい、もう一度言うが、わしをなめるんじゃないぞ。お前がその気なら、いくらでも調べる方法はある」

　少佐の目は、机の上に置かれたものに向かった。そこには桜のポケットに入っていた持ち物が置かれていた。ライターにたばこ、そして財布である。

　財布の中身を見て、少佐は声を上げた。

「ほう、これは何だ。夏目漱石《なつめそうせき》？　ああ、あのブルジョア文学の小説家か」

　少佐が見ていたのは千円札だった。

「それは金ですよ。紙幣だ」

「紙幣？　ばかなことを言うな。しかし、こんなものをつくっていったいどうする？　お前はわが国の紙幣の図柄も知らんのか」

「はい、知りません」

桜が答えると、少佐は声を上げて笑った。

「ばかな男だ。そんなことでスパイが務まるのか。こんなものをわざわざつくりおって」

少佐は次に桜の名刺に目を留めた。

「何だ、これは。千代田《ちよだ》区丸《まる》の内《うち》？　まるで革命前の名刺ではないか。お前、千代田区なんぞという名称が今もあると思っておるのか」

「ないんですか？」

桜は答えた。

「馬鹿者が。あんな反革命的な名称が地名改変の際に残されるわけがないではないか」

「どうして反革命的なんです？」

「おい、質問しとるのはわしだぞ」

少佐は言った。

「まあ、いい。教えてやろう。千代田とは、そもそも天皇の長寿を祈るという意味がある。それから、丸の内というのは城だ。城の外郭の内という意味だろう。そんな地名がどうして残るんだ。ははあ、わかったぞ。お前はハッケイだな」

「ハッケイ？」

桜はまた聞き慣れぬ言葉が出てきたので、目を白黒させた。だが、その言葉については、心当たりがないでもなかった。それは白系ロシア人のことである。

白系ロシア人とは人種的名称ではない。ロシア帝国がボリシェヴィキによる革命によって、ソビエト連邦となった時に、その体制を嫌って外国に亡命したロシア人のことを、すべて白系と呼ぶのである。つまり、残った人間は「赤」だというわけだ。したがって、白系ロシア人というのは人種的名称ではなく、ソビエト国内のさまざまな共和国の出身者を全部引っくるめてそう呼ぶのである。

今、この少佐は、桜のことを白系と言った。それはおそらく、白系日本人ということではないのか。桜はその自分の予想に賭けてみることにした。

「そうです。私は白系です」

「おう、そうか。とうとう本当のことを言ったな。いつ国を出た？　お前の両親の代か」

「そうです。両親が革命を嫌って外へ出て、それで私が生まれました」

「そしてその革命の体制を潰しに、ここへやってきたというわけか。わかってるな」

と、少佐は立ち上がった。

「スパイは死刑だ」

桜は息を呑んだ。

「裁判もなしにですか」

「裁判？　必要はないだろう。お前はスパイであることを認めたんだ。そしてこの国の法律では、スパイとなれば即死刑だ。問題はあるまい。だがな、場合によっては考えんでもない」

少佐の顔に不気味な笑いが浮かんだ。

桜は、少佐が何を言いたいのか、まったく予想がつかなかった。

少佐は、立ち会っていた部下たちに向かって言った。

「ちょっと席を外せ」

四人いた部下は直立不動の姿勢で少佐に敬礼すると、外へ出ていった。

「さて」

少佐はその面《おもて》に浮かべた笑いを下卑《げび》たものに変えると立ち上がり、机を回って桜の横に行き、その肩に手を置いた。

「このままではお前は死刑になる。命は惜しかろう」

「それは惜しいですけれど」

「だったら、お前の親族に連絡をとらしてやる」

「はあ?」

桜は思わず少佐の顔を見た。

「お前がこんなところで捕まっている。命の危険もあるということになれば、だ、お前たちの親族は金を出すだろう」

「金」

　桜はようやく事情が呑み込めた。この少佐は見逃してやる代わりに、金を出せと言っているのだ。

「ドルですか」

　少佐は頷いた。

「何ならこの国の金でも」

「ばかなことを言うな」

　少佐はにべもなく言った。

「人民円など腹の足しになるか。ドルでなければ駄目だ。コウトクやタクボクなんぞ、いくらもらっても腹の足しにはならん」

「コウトク？」

　桜は、また不覚にも聞き返してしまった。

　少佐は笑って、

「貴様、それも知らんのか。コウトクとは幸徳秋水《こうとくしゅうすい》、天皇制に反逆し、死刑となった悲劇の英雄だ」

「それが人民円の肖像なんですか」

「貴様も呆《あき》れるほどものを知らんスパイだな。それでよくこの国に潜入したものだ。潜入はどのようにした？」

「それは沖合から船で」

「そうか、やっぱり船か。いいか。お前のところは親は金持ちか」

「はい、金持ちです」

「ほう。どういう金持ちだ」

「アメリカでその、えー、株式会社をやって成功しまして」

「株式会社か。うん、それで?」

「百万ドルの資産があります」

「百万ドル? おい、本当だろうな。もし嘘を言っていたら、お前の命はないぞ」

「嘘なんかじゃありません」

桜は必死になって言った。

「連絡がとれたら、送金してくれると思います」

「よし、わかった。それならばお前の身柄は東京の本部に送らず、わしの権限でここへ留めておいてやる。いいか」

「そうしてくだされば、ありがたいことです」

桜は必死に頭を下げた。こうなっては、とりあえず時間を稼ぐしかない。

「言うまでもないことだが、アメリカと連絡をとるのは時間がかかる。下手をすれば、こちらもスパイ行為ととられるからな。その間お前たちは、この監獄で暮らすのだ」

「良美はどうなります？」

桜は言った。

「あの女はお前の何だ？」

桜は言葉に詰まった。単なる友人ではないし、かといって恋人と言っていいかどうか。しかし、助けるためには親密さを強調しておいたほうがいいのかもしれない。

「婚約者です。いずれ結婚しようと思っています」

と、桜は言った。

「よし、じゃあ、あの女も助けたいんだな」

「はい」

「じゃあ、こうしよう。お前の身代金として十万ドル、あの女の身代金として五万ドル、都合十五万ドル出せ。それならば許してやろう」

「わかりました」

「それでは、アメリカのお前の両親のところに連絡をしてやる。住所を教えろ」

「わかりました」

桜は、アメリカのワシントンに住む知り合いの住所に、両親の名前を添えて書いた。もちろんデタラメである。連絡がつけば、その住所にそんな者がいないということはすぐにわかってしまう。いや、そもそもその住所自体が、この扶桑国のある世界に存在するかどうかもわからないのだ。だが、とりあえず今はこれしか方法がなかった。

「少佐、お願いがあります」

「言ってみろ」

「彼女と一緒の房《ぼう》に入りたいのですが」

「何だと。女連れで解放を待とうというのか。こいつめ、とんでもないことを考える奴だ」

「いけませんか」

「まあ、よかろう。十五万ドルの客人だ。それぐらいは面倒見てやろう」

大金を払うということがよほど気に入ったのか、少佐はそれからも機嫌がよかった。

もうほかに聞かれることもなく、桜は地下の獄舎に入れられた。しばらくすると、良美もそこへ連れられてきた。

真っ青な顔でいた良美は、桜の姿を見ると突然泣き出し、むしゃぶりつくように抱きついてきた。

「怖かった」

良美は泣き出した。

「おいおい、しっかりしろよ」

桜は言った。

「君でも泣くことがあるんだな」

「それはそうよ。私だって女だもん」

良美は泣きじゃくった。

桜は駄々っ子をあやすようにして落ち着かせると、獄舎のベッドの上に良美を座らせた。そのベッドも粗末な木製で、相当に汚れていた。毛布も摑めば穴があくと思えるほど、擦《す》り切れたボロボロの品である。

「私、もうこんなのいや」

良美は吐き捨てるように言った。

「それは僕も同じさ」

桜は落ち着いていた。

「こうなったらじたばたしても仕方がない」

「あなた、何とも思わないの。これから私たちどうなるかわからないのよ」

「しばらくは大丈夫だ。少佐をうまく丸め込んだからな」

「丸め込んだって、何を？」

良美が聞いた時に、桜は唇の前に人差し指を立てて、静かにという目をした。そして、無言のまま部屋の周りを指差して、そして右の耳に指を当てた。盗聴されていないか警戒したのである。良美もすぐにそれを理解した。

「どういうこと？」

桜は頷きながら、

「君も知ってるとおり、アメリカの両親は金持ちだろう。だから、身代金を出してもらうように言ったんだ」

桜はそう言って、ウィンクして見せた。

良美はそれで桜の意図が十分に呑み込めた。

「そうか。身代金出してくれるんだ。じゃあ、私たちは助かるのね」

「そうさ。金が届くまでの辛抱だ。それにしても、もうちょっと待遇のいいところに泊まりたかったな」

良美は桜に抱きついてきた。しかし、それは愛情の表現ではなかった。

「ねえ、そんなことで本当にごまかせるの?」

小声でささやいた。仮にマイクがあったとしても、その声までは拾わないだろう。

桜も良美の耳元でそっとささやいた。

「わからない。しかし、とりあえずはこれで時間を稼ぐしかない。スパイは死刑だって、そう言ってたな。とんでもない国に来たものだ」

「それにしても、どうしてこの国は」

と、良美は普通の大きさの声で言った。

「こんなことになってしまったのかしら」

「わからないな。だが、この国はわれわれの国と極めてよく似ているよ」

「よく似ているですって、この国が？」

「そうさ。おそらく、ちょっとした違いなんだ。一歩の違いが千里の差となる。そんなことが、この世界に現実に起こったんじゃないかな」

「どうすればいいの」

「さあ」

桜は立ち上がって、部屋の中を歩き回った。ネクタイは自殺防止のためか、取り上げられていた。

まさに八方塞《はっぽうふさ》がりである。とりあえず死刑は免れたものの、嘘がばれるのは時間の問題だ。ばれたら少佐は、いや、この国は、決して自分たちを許さないはずである。

しかし、この鉄格子を抜けるのさえ困難なことだ。そして、仮にこの牢獄を脱出できたとしても、どこに行く当てがあるだろう。この世界では、桜と良美はまったくの異端者なのだ。もはや帰るべき家《うち》もない。いや、家どころか、帰るべき世界すらないのだ。

それを思うと、重くけだるい絶望感が桜の心の奥底から湧き上がってくるのであった。

その晩、麦と、何か食べたことのない雑穀を混ぜた飯と、何かとてつもなくいやな臭いのする魚の煮付け、そして毒々しい色に染められた漬け物が運ばれてきた。桜はやっとの思いで胃に流し込んだが、良美は一口口に入れただけで顔をしかめ、ほかのものはそれ以上食べようともしなかった。

「食べとけよ。とにかく、この世界にはいつまでご厄介になるか、わからないんだから」

「こんなのいや、もう死にたいわ」

良美は桜にとりすがった。

桜もそれに同感しないでもない。なにしろ、未来への希望がまったくないのだ。今、桜の心の中にある大きな望みは、ここを脱出したいということのほかに、どうしてこの国は自分たちのいた日本とこんなに違ってしまったのか、その理由を知りたいということだった。

(こんなところでブン屋根性でもないがな)

と、桜は密《ひそ》かに思った。

とにかく、首領様という男がこの国の歴史を変えたのだ。多分、それにちがいない。だが、その男の名前も、いったいどのようにして変えたのか、それどころか、今この世界がどういう姿をしているのかも、桜にはわからないのである。こんな理不尽なことがあっていいものだろうか。

その夜、桜と良美は一つのベッドで、お互いの体温で体を温めるようにして寝た。

牢獄は極めて寒かった。暖房はない。窓もないから、そういう意味では外気と遮断されているのかもしれなかったが、暖房がまったくないというのはやはり厳しい。しかも、毛布も極めて薄いし、ボロボロだから、お互いに寒いところの猫が体を寄せ合って温め合うようにして、互いの体温を保つしか方法がなかったのである。

何時間寝たのだろうか。突然、桜は鉄格子の外からの声で起こされた。

「おい、起きろ。起きてそこに並べ」

桜は眠い目をこすりつつ良美を起こし、ベッドの前に立った。

少佐が鉄格子の向こうに立っていた。

「おい、ちょっと外せ」

少佐は典獄に言い、鍵を受け取るとその場を去らせた。

鉄格子の鍵穴に鍵を差し入れ錠を外すと、少佐は中に入ってきた。相変わらずの軍服姿で、腰のホルスターには拳銃が入っている。少佐は後ろ手に鉄格子を閉めると、そのホルスターのボタンを外し、中から重そうな軍用拳銃を取り出した。

「どうしたんです？　少佐」

「事情が変わってな。残念ながらここで死んでもらう」

少佐はそう言って拳銃を突きつけた。

「ばかな！　身代金を払うと言ったじゃないですか」

桜は叫んだ。

「残念ながら、人民委員会の査察が来るんだ。このことがばれれば、わしも北海道送りにされてしまう。それではかなわんからな」

「十五万ドル払うんですよ」

桜は言った。

もちろん嘘だが、この時はこうでも言わないかぎり、どうしようもない。

「わしも残念なんだ。だがな、こんな時に臨時査察があるということが、君たちの不運だったと諦めてくれ」

「待ってください。裁判を受ける権利は」

「そんなものはない。裁判でわしのことを漏らされたら、大変なことになるからな。ここでお前たちはわしの説諭《せつゆ》を聞いていたが、突然怒りだし、脱走するため拳銃を奪おうとした。そこで、わしはお前たち二人を射殺した。これで話は通る。報告書もできるし。さあ、問答は無用だ。もう時間がない」

少佐は二人に拳銃を向けた。

桜はじりじりと後ずさりをしたが、どこへ逃げられるというのだろう。良美と共に壁際まで追い詰められた。

「よし、そこでいい。動くなよ。動かなければ一発で仕留めてやる。なまじ動き回ると急所を外れ、苦しむことになるぞ」

少佐はぴったりと銃を構え、引き金に力を込めた。

次の瞬間、轟音《ごうおん》が轟《とどろ》き、弾丸がまず桜に向かって発射された。

村上少佐は目を見張った。

弾丸を、桜に向かって発射した瞬間、桜と良美の体は、赤い閃光《せんこう》に包まれ、一瞬のうちに消えた。弾はむなしく後ろの壁を砕《くだ》いた。

少佐は呆然として、拳銃をホルスターにしまうことも忘れ、じっと穴の開いた壁面を見ていた。

その少佐が我にかえったのは、背後にせまる足音を聞いてからだった。はっとして振り返ると、そこには、副官の小林大尉が立っていた。その背後には、小銃を持った兵もいる。

「少佐、ついに馬脚《ばきやく》を現わしましたね」

大尉は言った。

「何だと」

少佐はゆっくりと振り返り、拳銃を構えているのに気がつき、あわててホルスターにしまった。

「どういうことです。これは」

大尉は追及した。

「いや、それは」

少佐は自分の置かれた状況に気がついて、愕然《がくぜん》となった。囚人はいないのである。

「いや、消えたんだ。この目の前から消えた⁉」

大尉はせせら笑った。

「そんな言い訳が通るとでも思ってるんですか。逃がしましたね」

「いや、そんなことはない。決してそんなことはない」

少佐は抗弁した。

「では、どこにいます？　あなたが逃がしたのでないかぎり、ここから消え失《う》せることはありえない――」

「――」

「前々から、おかしいと思っていたんです。あなたを、国家に対する反逆罪で逮捕します」

大尉はそう言って、先に拳銃を抜いた。

「逮捕だと。貴様、上官に反抗するつもりか」

「反抗ではありません。これは軍規上認められた措置です」

大尉は後ろを向いて、部下に目配《めくば》せした。

部下たちも小銃を構えて、少佐に狙いをつけた。

「バカなことはやめろ。なっ、ここは話し合おうじゃないか」

「話し合い？」

大尉はせせら笑った。

「囚人が消えたことを、どう説明するんです？　あなたとなんか話し合ったら、私も北海道送りになってしまいます。そんなことよりあなたを告発して、昇進したほうがはるかにマシだ」

「貴様というやつは、恩を仇《あだ》で返しおって」

少佐は怒鳴《どな》りつけた。

大尉はいささかも動ぜず、

「国家に対する恩を仇で返したのは、あなたのほうでしょう。もうすぐ査察委員が来ます。さあ、銃をよこしなさい」

少佐は逮捕された。その表情は蒼白《そうはく》であった。国家反逆罪ともなれば、北海道送りで済まずに、銃殺刑もありうるからだ。

第三章　バットマン

1

　しばらくの間、何か起こったかわからなかった。赤い激流の中にいた。もちろん水ではない。何かガスのような、極めてふんわりとした物体が、桜と良美の二人を押し包み、どこかへ流していた。意識が遠くなったので、感覚も薄れていたが、時間にしてほんの数分のことのように感じられた。

　桜と良美は、次の瞬間、コンクリートの床に叩きつけられていた。

「なんだ、君たちは」

　びっくりしたように、白衣の男が声をかけた。頭が白髪で分厚い眼鏡をかけた、いかにも研究者然とした男であった。

「ここはどこです？」

桜は腰を摩《さす》りながら言った。自分の身に何が起きたのか、まだ理解できていなかった。

「聞いているのは、わしのほうだがね」

男は言った。

「失礼しました。僕は桜浩行といいます。こちらは、僕の同僚の金村良美君」

そう言いながら、桜は部屋の様子を素早く観察した。奇妙な部屋であった。全体がコンクリートで、ところどころひび割れ、かなり汚れている。照明は裸電球だが、その周りが何か金網のようなもので囲ってある。そして、床には所狭しとさまざまな機械類が並べられていた。その機械というのは、工作機械でもなく、何かの製造機でもない。電子機器を中心とした測定装置のようなものに見えた。だが、設備自体はそうとう古ぼけているように、桜の目には見えた。

「いったい君らは、どうやってここに来た？」

白衣の男が言った。詰問調《きつもんちょう》ではなく、どちらかというと丁寧《ていねい》な口調だったが、その目には驚きの色が浮かんでいた。

（無理もない）

と、桜は思った。自分だって何が起こったか説明できないのだ。まして他人が驚くのは当然だろう。

「何からお話ししていいのやら。ところで、あなたはいったいどなたです？」

「これは失礼した。私は寺尾《てらお》という、この研究所の責任者だ」

「研究所？」

「そうだ。国立磁力線研究所《じりょくせんけんきゅうじょ》だよ」

「磁力線ですか」

「そうだ。それにしても、地下二階の密閉された空間であるこの部屋に、君はどうして入ってこれたのかね。その説明をまだ聞いてないが」

「先生は物理学者ですね」

「そのとおりだ」

「学位も持ってらっしゃる？」

「いちおう物理学博士だがな」

「じゃあ、寺尾博士とお呼びしましょう」

桜は精一杯の笑《え》みを浮かべて、

「信じてもらえるかどうかわからない。でも、話を聞いていただけますか」

「いいだろう。まあ、そこにかけたまえ」

部屋の隅に汚ないテーブルがあった。そこに置かれているパイプ椅子に、桜と良美は、博士と向かい合う形で座った。

「ここは、国立研究所と言いましたね。とすると、警備員もいますね」

「ああ、いるよ。そこのボタンを押せば、何があろうとあわてて飛んでくる」

「では、先生はどうしてお呼びにならないんですか？」

「ふん。君たちに興味があるからだ。そして、まあアメリカのスパイかもしれないが、少なくともアメリカの科学ですら、人間をこんな密閉された地下の空間に、コンクリートを通して送ってくるような技術は持ち合わせていないはずだからな」

桜は、ここへ来たのはとても幸運なことだと思った。なぜなら、今のところ博士は話をまともに聞いて、信じてくれるかもしれない唯一の人間だからだ。

桜は順を追って話しだした。自分たちがこの世界とは明らかに異なる世界である、一九九五年の日本国にいたことを。そして、そうでありながら原子力発電所の爆発という事故に巻き込まれて、気がつくとこちらの世界に、いつの間にか「移動」していたこと。そして、治安当局にスパイとして逮捕され、危うく射殺されるところであったこと。

博士はメモをとりながら、熱心に聞いてきた。その態度は、決して興味本位ではなかった。話が終わると、博士はしばらく自分の取ったざら紙のメモを見ながら、腕組みして考えていた。

「――信じてくれますか？」

良美が言った。

「何も嘘は言ってません。私たちにも信じられないけど、でも、全部本当のことなんです」

「確かに、信じがたい話ではある」

博士は言った。

「しかし、私は君たちが目の前でこの厚い壁を通して移動してきたのを見ている。私の理解している物理学では絶対にありえない現象だ。それが起こったということは、君たちの話を信ずるほかはないのかもしれないないな」

桜と良美は顔を見合わせた。

「信じてくださるんですね、僕たちのことを」

「全面的にすべて信じた、というわけではないがな」

博士はあくまで慎重に言って、眼鏡をずりあげると、

「ところで、君たちのいた世界、つまり革命抜きの日本とでも言うかな、それはいったいどういう世界なのか、もう少し教えてくれないかな」

「そうですね。一つ言えるのは、経済的には豊かだったということです」

「経済的に豊かというと、例えば、庶民の生活はどの程度の水準かね」

「そうですね。まあ、いろいろな見方があると思いますけれども、例えば、僕の住んでいた家は3LDKのマンションで……」

「3LDK?」

聞き慣れない言葉に、博士は聞き直した。

「ああ、すみません。要するに、三つの部屋とリビング・ダイニング・キッチンまあ、これが

台所ということなんですが、台所兼食堂兼居間がついているという部屋です」

「なるほど。それで？」

「そこに、テレビとステレオとラジオカセットと、あと冷蔵庫。ビデオレコーダーもありましたね。まあ、ビデオの普及率は、そうですね、いま何パーセントぐらいなのかな。それでもかなり普及していることは、まちがいありません」

「本当かね」

博士は身を乗り出した。

「テレビが一般家庭に？」

「ええ。ありますよ」

「それは、例えばそこにあるようなものかね？」

博士の指さした先には、大きな無骨としか言いようのない、くすんだ色のガラスの箱があった。それはよく見ると、日本では昭和三十年代にもめったにお目にかかれそうもないような、古ぼけたテレビであった。

「つけて見ていいですか？」

桜が言うと、博士は頷いた。

そのスイッチは、ボタンではなくつまみであった。つまみを横にひねると、パチッという音がし、画面の中央に白い十字架のような線が現われ、それから一分近くも待った挙句《あげく》に、ようやく画像が出た。それは、ある男の大写しであった。画像はモノクロである。

「あれ。これ、壊れてるの？」

良美が言った。

「壊れてなぞはおらんよ。それは、党幹部用の最高級テレビジョンだ」

博士が言った。

「つまり、博士、カラーじゃないんですか？」

「うん、カラーとはどういうことかね？」

「カラーテレビですよ。つまり、画像が映画のように色が付いている」

「まさか。そんなものは、まだこの国では普及しておらんよ。カラー映像などというと、そうだな、真空管もトランジスタも大量に使わなければいけない。そんな贅沢品があるわけがないだろう」

「でも、先生、僕がさっき言った、家にあるテレビというのは、カラーテレビということなのですよ」

博士は驚いた。

「一般家庭にカラーテレビがある？」

「はい。それだけじゃありません。ビデオもあります」

「ビデオとは何だね」

「ビデオ・テープレコーダーです」

「ビデオ・テープレコーダーというのは、つまり、あれか。放送局などで使っている、画像を記録するレコーダーのことかね？」

「そのとおりです」

「しかし、そんなものがどうして家庭にあるんだ？　家庭にあって、何か役に立つのかね？」

「それは、立ちますよ。例えば、放送される映画とかスポーツ、つまり野球とかそういったゲームを録《と》っておいて、後で楽しんだり――」

「料理番組を録画しておく、という手もあるわね」

「料理番組？　そんなものが放送されているのか？　しかもカラーで」

「ええ。そうですよ」

　桜は気がついた。この国では、それはとてつもなく高級なレベルのことであり、家庭用にそんなものが普及しているということが、博士は信じられないのだ。

「じゃあ、電子レンジなんかも、当然ないですよね？」

「電子レンジ？」

「そうです。つまりですね、僕も実は仕組みはよくわからないんですが、電磁波を利用して、こういう四角い恰好《かっこう》の、まあ一種の炉のようなものなんですが、そのなかに食べ物を入れてスイッチを押すと、電磁波が出てですね、温めてくれるんです。例えば、卵焼きなんかだったら一瞬のうちにできますし、お酒の燗《かん》もできます」

「つまり、電磁波の発熱作用を利用して、それを調理に使うということかね」

「そうです」

「しかし、信じられないな。もし、そんなものがあるとしたら、それはとてつもなく巨大なものになるはずだが」

「いえ、そんなことありませんよ。技術革新のせいで、このテレビより小さいぐらいです」

と、桜は言った。そのテレビは桜が使っているものに比べて、はるかに大きかったのだ。

「音は出ないんですか?」

ふと、桜は気がついて言った。それまで、テレビの画像は出るが音は出ていなかったからだ。

「いや、そこのつまみをひねってみたまえ」

「はい」

桜がひねってみると、確かに音は出た。突然の関西弁だった。

「そやからね、やはりアメリカというのは、悪の帝国なんですよ」

いきなり決めつけたので、桜はびっくりした。画面を改めて見直すと、太った巨体を揺らせながら、ゴマ塩頭の三白眼《さんぱくがん》の男が、人民服のようなものを着て、インタビュアーに答えているのであった。インタビュアーのほうも、これまた人民服のような、軍服のような殺風景な服を着ているが、なかなかの若い美人である。

「そうしますと、同志委員長、やはり、結論は、アメリカというのは悪の帝国だということですね」

「そのとおりやね」

　男は答えた。

「あの国に住む人たちは、地獄ですよ。それは確かに、ブルジョアにはいいかもしれん。労働者階級を搾取《さくしゅ》して、あらゆる贅沢ができる。だが、そんな贅沢というのは、本当の意味での贅沢ではない。税金もなく、あらゆる社会制度は保障されており、病気の心配もない。失業もない。そういう、われわれの住んでいる世界こそ、労働者の、そして人民の天国であり、理想郷であるんや。とにかく、いま一部で台頭しているアメリカ礼賛《らいさん》論は、まさに国賊《こくぞく》、非国民の仕業と言うても構わんやろね」

　博士は黙ってそれを聞いていたが、男が話し終わると、

「何が国賊、非国民だ。よく嘘がつけるもんだな。労働者の天国とでも言いたいのか」

「誰です、あれは？」

　桜は聞いた。

「ああ、情報省の小田原《おだわら》首席広報官だよ」

「小田原？」

「そう。小田原信《まこと》」

「小田原信？」

「そうだ。革命以前からあいつは共産主義の礼賛者だった。それも、非常に巧みなやり方でね。一時西ヨーロッパでも、革命礼賛体制があったが、奴はその風潮に巧みに乗っかって、国民を惑わしたのさ。おかげさんで革命は成功し、彼は大功労者というわけだ。三十年も四十年もアメリカは悪で、共産主義は善だと言い続ける信念の深さには敬服するがね」

と、博士は吐き捨てるように言った。

「それにしても、博士、いったい私たちの身の上に、何が起こったんでしょうか」

良美が聞いた。

「そうだな」

と、博士は立ち上がってテレビを消すと、またもとの席に座って、

「私にもよくわからない。しかし、君たちの言葉が全部本当だとすれば、それは解放された原子力エネルギー波が、その強大なエネルギーがだね、君たちという物理的存在を、この世界に撥《は》ね飛ばしてしまったのかもしれない」

「そういうことは、起こりうるんですか？」

「いや、理論も何もあったもんじゃないな。そんなことが起こったという例も、もちろんないし、理論的にも起こるとは信じられない。だが、少なくとも君たちはここに来た」

「そうですね」

桜は頷いた。

「もう一つ不思議なのは、君たちがここへなぜ来たかということだ」

「どういうことです？」

「わかるだろう。君たちは先ほど、保安省の留置場で撃たれたと言ったな。撃たれた以上、当然死んでいるはずなのに、いまここにいる。それはとりもなおさず、何か、そう、物理の法則を超えた現象が起こったからだ。どうして、君たちはそんなことができたんだ？」

桜ははっとした。確かに、その点はおかしい。今までついうっかりしていたが、ここへ来ていること自体も、普通の科学的常識ではありえないことなのである。

「君たちはひょっとして、何らかの特殊な体質を獲得したのかもしれないな」

「特殊な体質？」

「そう。特殊な体質だ」

「どんな体質です？」

「それは、私にもわからん。ただ一つ気になることは、先ほど君たちが来たときにだな、私はここにある特殊な磁場《じば》を発生させる実験をしてたんだよ」

「磁場ですか」

「そうだ。まあ簡単に言えば、特別な電磁波を、そう、培養するとでも言うかな。このあたりに発生させて、ある特別な空間を作ろうとしてたんだ。いや、これから先、これはちょっと軍事機密なんだが」

「先生は、兵器を作っておられるんですか?」

「いや、私はできればそういうものは作りたくないんだがね。まあ誘導ミサイルの研究とでも言っておこうか。それにしても、君たちの身に起こったことは、本来ならば科学史上、特筆《とくひつ》すべき出来事と言うべきなんだろうがね。君たちは、時空を超えたのだから」

「じくう? じくうって時間と空間のことですか?」

「そうだよ」

「でも、先生。僕たちが超えたのは空間だけでしょう」

「特別な空間を移動しただけじゃないんですか?」

良美が言った。

博士は首を振った。

「そうじゃない。君たちは時も超えたんだ。なぜならば今は、君たちの言う一九九五年じゃない。一九八五年なんだよ」

2

寺尾博士のトランクに入って、国立研究所を脱出した。研究所の入りは厳重だが、出る者に対してはそれほど警戒はきびしくない。もちろん、国家的機密が持ち出されるという危険性が常にあるため、警備兵は抜かりなく見張ってはいるのだが、博士は大きな書類キャビネットのなかに二人を紛れ込ませ、それを台車で運んで外に出したのである。

桜がなかなかで息を潜《ひそ》めていると、コツコツと外板《そといた》を叩く音がした。

「もう大丈夫だ。出たまえ」

桜は、頭の上に被せられていた書類の山をかき分けて立った。

そこは地下の駐車場だった。ここには監視カメラもない。

「さあ、乗りたまえ」

寺尾博士の車は、東ドイツ製のトラバントだった。いや、これは長嶋茂太の説明によれば、労働一号ということになる。

博士は、狭いその車内に二人を隠すと車をスタートさせた。

研究所のゲートを出ると、桜も良美も普通に座席に座った。外を見ると、桜たちがいた日本とは似てはいるが、ところどころでまったく違った風景が拡《ひろ》がっている。

街は、とにかく閑散《かんさん》としていた。道路はむしろ「日本」よりも広いぐらいだが、車はほとんど走っていない。ところどころに大きな殺風景な建物があるが、人の出入りもあまり見えない。

桜は以前、取材で行った北朝鮮の風景を思い浮かべていた。ちょうど首都の平壌《ピョンヤン》がこのような感じであった。

「ここは、東京ですか?」

「そうだ。君たちの言う東京だ」

桜の問いに博士は変な答え方をした。怪訝な顔をする桜に、博士は説明した。

「今は、新都《しんと》と言うんだ」

「シント? 新しい都ってことですか?」

「そう。この新都には、党関係者かその家族、あるいは技術者のなかでも一流の人間しか住めないことになっている」

車はかなりのスピードで、その市街地を走り抜けた。人がほとんどいないし道もまっすぐなので、スピードを出すつもりがなくても、結構出てしまうものらしい。

途中に広場があった。幅の広い石段を何段か上った上に花壇があり、その花壇の中央に、右手を高くあげた男の銅像があった。男の風貌《ふうぼう》ははっきりしないが、人民服のような服を着た初老の男である。

「あれが、首領様ですか?」

と、桜は言った。

「いや、違うよ。ははあ、そんなことも知らんのだな。首領様の像は必ず金で塗ることになっている。あれは、ただのブロンズ像だ」

「でも誰か有名な人物でしょう?」

良美が言った。

「そう。知らんかな。あの男は岩清水鬼太郎《いわしみずきたろう》だよ」

「岩清水鬼太郎？」

「そう。革命前にアメリカと結ばれていた日米安全保障条約粉砕に最も功のあった大学教授だよ。知らないかな、君たち」

「ああ」

桜は思い当たった。その人物と同じような名前の人間が、確かに日本にもいた。このパラレルワールドでは、名前や経歴が違っている。世界が違うのだから、もちろん同一人物ではないが。それにしても、同じような環境があれば、同じような歴史が生まれるものなのだろうか。

「思えば日米安保を廃棄したときが、この国の曲がり角だったな」

博士はため息をつきながら、遠い目で、

「あのときバカな扇動者のおかげで、日本は選択を誤ってしまった。その結果、今はこのザマだ。国民は常に飢え、経済は停滞している」

「先生、安保の廃棄というのはそれほど重要なことだったんですか？」

「そうだよ。あれでアメリカが日本の防衛から手を引いてしまった。あとはもう奴らの思いどおりだ。反動政治家を葬《ほうむ》ると称して、彼らは次々に本当の意味の自由を葬っていった。いや、みんなあの岩清水のアジテーションに乗せられていたんだが、そのことに気がついていなかったんだよ。そしてその挙句に、彼らのうちの突出した人間たちは、ほとんど『革命の敵』の名の下に処刑されたよ」

「処刑ですか」

「そうだ。まあ、小田原なんていう口先ばかりの、調子のいい人間は生き残ったがな。あとはひどいもんだよ。特に真面目な活動家と言われるような人間は、私の目から見ても可哀そうだったな。まあ『一将功成って万骨枯る』という諺《ことわざ》があるが、まさにそのことが起こったんだ」

「先生」

桜は、意を決して言った。

「先生は、今の体制に批判的なんですね?」

桜の言葉に、寺尾はハンドルを握りながらもちらりと桜のほうを見て、

「君は、その質問がこの世界においてどのような重要な意味を持つか、わかっているのかね?」

「ええ、わかっています。われわれの世界でも、そういう弾圧国家はありましたから。そういうところにも、もちろん自由を渇望してやまない立派な人たちがいたことも知っています」

「いや、僕は立派な人間じゃないよ。単なる臆病な科学者さ。その証拠に、国家の圧力に負けて兵器の研究をしている。あれはね、君、誘導ミサイルの研究なんだよ。いや、正確に言うと、敵の誘導ミサイルを自由に制御して自分のところから離したり、あるいは無害なところで爆発させたりという、そういう研究なんだ。そのために、電磁波や磁力線のことをいろいろ研究し

ていたんだが、あにはからんや、君たちがその網に引っかかったというわけさ」

「そうだったんですか」

「いずれにせよ、こんなことを話せるのは、この車の中ぐらいかもしれんぞ。一歩外に出たら、大変なことになる。なにしろ保安省の目が光っているからな」

「保安省は、やはり恐ろしいですか」

「あいつらは、すぐ拷問《ごうもん》するからな。私の知人でも、根っからの自由主義者が何人も裁判を受ける前に、取調べ中に拷問死しているよ」

博士は暗い表情で言った。

博士の住宅は、都心を少し離れた高台の高級住宅地にあった。もっとも高級と言っても、桜の目には何か老朽化した汚ない住宅の群れにしか見えなかったが、博士の説明によると、この国の国民で、つまり扶桑国の人民でここに住めることは、超エリートを意味するのだそうだ。

「博士、ご家族は？」

「いや、わしは特におらん。一人暮らしだ」

「こんな広い家にですか」

良美は言った。確かに、大きさだけはかなりのものだ。

中に入ると、そこには暖炉があり、一見するとロシア風の造りであった。もちろん、畳などはない。床はそのまま靴履きで、大きなソファがあちこちに置いてある。

「まあ、寛《くつろ》いでくれたまえ。ここにはめったなことで人は来んからな」

「はい」

桜はホッとして、ソファに身を委《ゆだ》ねた。何時間ぶりの心地よさであっただろう。良美もホッとしたように目を閉じていた。

「酒でもどうかね。ウィスキーがあるぞ」

「ウィスキーですか。ウオツカじゃなく？」

桜は意外な顔をした。そうすると、博士は不快な表情で、

「ロシアのバカどもが飲むような酒は、わしは飲まん」

「昔から？」

「女房が死んでから、ウオツカは一口も口にしておらん。乾杯の時もな」

「奥さんは、お亡くなりになったんですか」

良美が聞いた。

博士は頷くと、静かに言った。

「革命が起こってしばらくした時、反革命分子ということで粛清《しゅくせい》されたんだよ」

「粛清？　粛清って、まさか……」

良美は、桜と博士の顔を交互に見た。

「そうだ。絞首《こうしゅ》刑だよ。人民の敵に弾丸を使うなどというのは、もったいないということでな」

博士は昔を思い出したのか、怒りに体を震わせた。

「先生、すみませんでした。とんでもないことを聞いちゃって」

良美は言った。

「いや、いいんだ。わしもときどき、気力が挫《くじ》けそうになることがあるんだが、そんな時は彼女がこの国に殺されたということを思い出して、一生懸命気力を奮いたたせているのさ」

「先生、あなたは臆病な科学者だとおっしゃいましたけれども、そんなことありませんね。僕たちを庇《かば》ってくれたし」

「いや、別に庇ったわけではない。ここに連れてきただけだよ」

「それは庇ったということでしょう？　だって、もし僕たちがアメリカのスパイだったら、先生のお立場は非常にまずいものになる」

「それはそうだが」

「それに、普通の人だったら、とっくに保安省に密告しているんじゃないですか。現に、僕たちも密告されたんです」

「そうか。この国はね、とにかく腐ってしまった」

博士はウィスキーをグラスに注《つ》ぐと、一気にあおって、

「昔はこんなことはなかった。だが、とにかく革命後は、すべて教育まで何もかも変わってしまった。特に許せないのは、何も知らない子どもたちに密告を奨励したことだよ。今では、党

のために密告をするというのが正義になってしまった。こんな唾棄《だき》すべき国に自分の祖国がなるとは、私は夢にも思わなかったがね」

「それをすべて変えたのが、いわゆる『首領様』ですね？」

「そうだ。何もかもあいつが変えたんだよ」

博士は言った。

「教えてください。その『首領様』っていうのは、いったい誰なんですか」

「それを聞いてどうするんだね？」

博士は、自嘲のような笑いを、浮かべた。

桜は、一瞬言葉に詰まった。

「再び、反革命でも起こそうと言うのかね？」

「いえ、それは……」

確かに知ったからと言って、どうにもなるものではない。この世界はもうすでに変わってしまったのだ。手も付けられないところに、来てしまっている。今さら知ったところで、もはや、この戦後数十年の遅れは取り戻せない。いわば、この扶桑国は絶対に日本にはなれないのだ。

「われわれを哀《あわ》れむために、単に下世話《げせわ》な興味から聞こうと言うのかね？」

「いえ、そんなことはありません。先生、それは違います」

桜は、あわてて否定した。

「そうではなくて、私はジャーナリストとして事の真相を知りたいだけです。どうして、この国はこんなふうになってしまったのか」

「ふん。それじゃあ、そのことについては私より適任の人間がいる」

「適任？」

「そうだ。そこへ君たちをご案内しよう。そこはたぶん君たちにとって、ここより心地のいい場所であると思うよ」

「それはどこなんです？」

「この近くだ。その前に、まずその服を着替えたまえ。そんな服でこのあたりを歩いたら、たちまち捕まってしまうよ。私の服を貸そう」

博士は奥に入って、二着の服を持って戻ってきた。一つは、誰もが着ている人民服のようなもの、そしてもう一つは、その女性用だった。

「これは、妻がいやいやながら着ていたものだ。よほど捨てようかと思ったんだが、一度でも袖を通したものだから、どうにも捨て切れなくてね」

良美が言った。

「先生、そんな貴重なものを……」

「いや、いいんだ。とにかく、これが君たちの役に立ってもらえば、家内も本望だと思うよ」

「先生、これは人民服と言うのですか」

「そうだ。人民服だよ。こんなものをいまだに着ているんだからな。外国では服装すら自由化されているというのに、この国ではね、桜君、自由のかけらもないんだよ」

二人は人民服に着替えると、博士は日が暮れるのを待って、二人を外に連れ出した。

「いいかい？　私に黙ってついてくるんだ。途中、口を利《き》かないように。もし誰かに話しかけられたら、私が応対するから、君たちは黙っているように。いいね？」

「はい、わかりました」

博士は、絶えずキョロキョロしてあたりをうかがいながら、住宅地を出ると坂を下りて下の街に向かった。街は、星がきれいだった。どうしてそんなにきれいなのだろうと、桜は不思議に思った。なぜなら、空気がきれいというのでもない。先ほどから、このあたりは住宅地にしては何か焼け焦げるようないやな臭い、それも食事の支度ではなく、何か工業製品の後始末のような臭いがするのに耐えがたいと思っていたばかりであった。それなのに、どうして星がきれいに見えるのだろうと思った時、桜はようやく気がついた。街が暗いのだ。街には、ほとんど明かりというものが見えない。住宅地にしても、あるのかどうかわからないが繁華街にしても、街全体の明かりが極めて乏しいのである。無論、ネオンサインなど影も形もない。

博士は、二人を商店街のようなところに導いた。それは下町の、ちょうど日本でも終戦直後にはあったかと思われるようなゴタゴタとした、まるで闇市《やみいち》のような商店街である。ただ、戦後の闇市と違うのは、人通りが少なく、商品も乏《とぼ》しく、全体にあまり活気がないことだった。

博士は、商店街のとある店の前に立ち止まると、その扉を固く閉ざした店の裏口に回って、木の扉を三度ノックした。小窓が開いた。

「私だ。今日は、新たな同志二人を連れてきた」

その言葉に、扉が内側に開いた。

博士は手招きをして二人を中に入れ、あたりに人の視線がないのを確かめると、自分も中に入った。中は暗闇だった。

「さあ、早く」

博士は、

「その先に階段がある。暗いから注意するように。いちばん下まで下りたら、前のドアをノックしなさい」

桜は言われたとおりにした。良美も後に続いた。ドアをノックすると、内側から扉が開いた。眩《まぶ》しさに、桜はちょっと目を瞬《しばた》いた。そこは地下室で、いろいろな機械が置いてあり、さまざまな人間が忙しく働いていた。やはり設備は旧式だが、桜はかつて見学した成田空港の管制塔の中を思い浮かべた。ここは何かの指令室なのだろうか。

「紹介しよう。桜浩行君。そして、金村良美君。私の遠縁の者で、この度《たび》こちらの地区に来た者だ」

博士は、その場で立ち働いている人間に向かって言った。何人かがこちらに向かって会釈《えしやく》したので、桜と良美も会釈を返した。その中で、奥の制御装置のようなものの前に座っていたがっしりした中年男が、立ち上がって桜たちの前にやってきた。

「博士、お久しぶりです」

「ああ、君も元気そうで何よりだ」

「先生は、少しおやつれになったのではありませんか」

「いや、このところ、ちょっと根《こん》を詰めて研究しているものだから。人間、あまり実りのない作業に従事させられると、心がねじ曲がるものらしい」

「先生らしいおっしゃり方だ」

中年の男は笑った。しかし、笑いながらも、油断なくこちらを監視していることに桜は気がついた。

「紹介しよう。われらのリーダーであるバットマンだよ」

「バットマン?」

桜は、またも良美と顔を見合わせた。この世界に来てから、何度それをしたことだろう。

「バットマンっていうのは?」

「もちろん暗号名ですよ」

と、男は言った。

「私の本名は別にありますが、よほどの親しい者でなければ明かさないし、むしろ知らないほうが幸福でしょう。なまじ知っていると誤解されれば、拷問を受ける可能性がありますからね」

「そのとおり。もともとバットマンという名前は彼がつけたのではない。保安当局が、アメリカの俗悪マンガの主人公に因《ちな》んでそう呼んでいるだけでな。つまり、保安省ですら彼の本名は摑んでおらんということだ」

「つまりあなたは、要注意人物として国にマークされているということですね？」

「マーク？　そのとおりです。私はマークされています」

「先生、この人はいったい何をしているんです？」

「この男はね、君、この国を再び昔の日本のように立て直そうという維新党《いしんとう》のメンバーなんだよ」

「維新党？」

「そう。彼らは反革命団体、国家の敵、人民の敵というふうにわれわれを呼びますがね。私は、もちろんそうは思っていません。この国から革命という悪魔の思想を叩き出し、本当の意味での自由な国家にすることが私の念願なんです」

その男は言った。

桜は、その男の顔をどこかで見たことがあるような気がしていた。

3

(誰だったか)

桜は、どうしても思い出せなかった。バットマンと名乗る反革命のリーダーを、どこかで見たような気がするのだ。だが、名前を思い出せないうちに、その男は言った。

「君たちは、われわれ普通の人間と違うような気がするんだがな。いや、これは私の勘なんだけれども」

とバットマンは言い、寺尾博士を見た。

「鋭いね」

博士は笑って、

「実は特別に込み入った事情があるんだが、どこかで話せないかな」

「いいでしょう。奥に部屋があります」

バットマンは先に立って案内した。

頑丈そうな鉄製のドアを開けると、コンクリートの打ちっぱなしの部屋があり、上からは裸電球がぶら下がって、部屋の中に置かれた唯一の家具、テーブルとパイプ椅子を照らしていた。

「まあ、掛けたまえ」

バットマンは言った。

桜は、畳《たた》まれていたパイプ椅子を開いて四人分の席を整え、そこに腰掛けた。良美と博士も一緒である。

「これからお話しすることは、全部本当のことです」

桜は言った。

「もちろん、信じてもらえるかどうか、私も不安に思っていますが、本当の話なんです」

と、桜は前置きして、これまで起こったことをかい摘《つま》んで話し始めた。ところどころ、バットマンは質問を挟んだ。それは、実にポイントを押えた的確な質問だった。

「なるほど」

バットマンは聞き終わって、しばらく腕組みをしていたが、やがて博士のほうを見た。

「あなたは信じているんですね」

「そう。全面的にとは言いがたいがな。とにかく、彼らがわれわれの科学では理解できない物理現象の結果、研究室に来たことは確かだ。それだけは、私がこの目で見たことだから確実に証言できる」

「しかし、それが事実だとすると、ほかのこともありえないことではない」

「そう。そういうことになるな」

「聞きたいものだな。その国、君たちのいた国には自由はあるのか、繁栄はあるのか」

「もちろん、あります」

桜は言った。

「完全なものとは言えないかもしれません。しかし、少なくともこの扶桑国よりははるかにましな自由があり、そして経済的繁栄もあると思います」

「各家庭にカラーテレビがあるそうだよ」

博士が横から口を添えた。

「カラーテレビ。それは天然色の画像を送るテレビという意味かい？」

「そうです。私たちの世界では、一九六四年の東京オリンピック頃から普及していました」

「一九六四年ね。そうか、その年に東京オリンピックがあったのか」

バットマンは、感に堪《た》えぬように言った。

「この世界には、そういうものはなかったんですか」

「なかったな。革命が起こってから、この国は何もかも変わってしまった」

バットマンはそう言うと、唇を噛みしめた。

「教えてください」

それまで黙っていた良美が言った。

「この国の革命というのは、いつ起こったのですか」

そして、その質問にバットマンはちょっと驚きの表情を浮かべて、

「なるほどな。そういう質問が出てくること自体、この世界のことを何も知らないということであるわけだ」

「そうです」

今度は桜が言った。

「ぜひ、教えてください。革命はいつ頃に起こったのですか」

「忘れもしない、それは一九六〇年だよ」

「一九六〇年？　えっ？　ちょっと待ってください、それはおかしいです」

と、桜は異議を申し立てた。

「何がおかしいのかね」

バットマンは不思議な顔をして言った。

「僕は九五年の世界で、ある人物に会いました。その人物は長嶋といって、われわれの世界では極めて有名なプロ野球の選手です。彼が、ある有名なホームランを打ったんですが、そのホームランを打った日付は確か一九五九年です。しかし、彼のホームランは首領様本塁打と呼ばれているわけでしょう。つまり革命は五九年にはもう起こっていた？」

「私は、野球のことにはあまり詳しくないんだけれども、確かそのホームランは一九六二年の出来事じゃなかったかな？」

「一九六二……」

「そうだ。確か一九六二年の出来事だった」

桜は首をひねった。どうしてそういうことが起こるのだろう。

「待って、こういうことじゃないかしら」

良美は言った。

「私たちの世界では、長嶋は大学を出てすぐプロ野球に入団したでしょう？　だけれども、この世界ではその革命が起こる一九六〇年以前から社会の様子が私たちの世界とは少しずつ違っていたんじゃないかしら。例えば、プロ野球はあまり盛んではなかった。だから、長嶋は普通の会社を選んで就職した。例えばノンプロみたいな」

「ああ、そうか。そうなると、ノンプロで活躍していると、五年目で打ったということになるわけか」

桜は納得した。

「いずれにせよ、革命が起こったのは一九六〇年だ。これは間違いないよ」

バットマンは言った。

この年は、桜と良美がこれまでいた日本でも大変な年であった。ちょうど日本とアメリカの間に結ばれた日米安全保障条約、通称「安保条約」が改定の年に当たっていた。この年、国会の議決がなければ、安保条約は自動的に失効する。その安保改定を目指す政府自民党と、それに反対する革新勢力の間で大変なせめぎあいが起こった。安保改定阻止のデモは全国に広がり、何と五百六十万人がこれに参加し、来日したアメリカ大統領の秘書（ハガチー）が羽田でデモ隊に包囲されたり、全学連の主流派が警官隊の囲みを破って国会議事堂に乱入するという事件もあった。

「まったく馬鹿な話だよ」

バットマンはいまいましそうに、

「日米安保条約は、日本に何か問題が起きた場合、アメリカが一方的に日本を守ってくれる。その代わり、日本はアメリカを守る必要がないという、極めて日本に有利な条約であったにも拘《かかわ》らず、こんなものは世界平和のためにならないという馬鹿な理屈をつけた扇動者の口車に乗って、大勢の日本人がこの安保打倒に参加したんだ。そして、彼らは結局国会を占拠し、安保条約の改定を阻止して失効化してしまった。この態度に怒ったアメリカが、日本の治安維持活動から手を引いたということが、今にしてみればいちばん大きかったな」

「そう、あれが分かれ道だった」

博士も言った。

「岩清水鬼太郎のような馬鹿なアジテーターの言うことを、みんな本気にしたのが間違いだよ。あの頃の純真な青少年たちは、本当に安保を粉砕すれば世界の平和が来ると思い込んでいたんだ。まったく馬鹿としか言いようがないな」

「岩清水だけではありません。マスコミもいわゆる文化人、学者たちも、こぞって安保を非難しましたからね。

特に許せないのは、憲法学者どもですよ。法律を学んだものならば当然のこととして、独立国にはその独立を守るための軍隊が必要だということは、当然の原理として知っているはずです。それなのに、彼らは日本国憲法こそ平和の礎《いしずえ》などと主張して、日本の軍備を徹底的に罪悪視する方向に物事を持っていった。だからこそ、われわれはソ連軍が上陸した時、何もできなかったんです。その前に牙《きば》を全部抜かれていましたからね」

「ソ連軍が上陸したって、いつのことなんですか」

「それは一九六〇年の後半だよ。日本の人民を支援するという名目で、日米安保条約という後《うし》ろ楯《だて》を失った日本に、ソ連軍が北から怒濤《どとう》のように攻めてきたんだ」

「北朝鮮軍もね」

と、寺尾博士が言葉を添えた。

「そんな！　じゃあ、例えば韓国はどうしていたんです？」

「韓国人はもともと日本嫌いだからな。日本が共産主義者にやられても、ざまあみろと思ったんじゃないの。それに冷静に言って、あの当時の韓国軍にソ連・北朝鮮に、それに中国も暗黙の支持を与えている共産主義連合軍に対抗する力はなかった。現に、その後潰《つぶ》されたしね」

「潰されたって？」

「おや、韓国がなくなったのも知らないのか。今は、半島には朝鮮国《ちょうせんこく》一つしかないのだよ」

桜は、あまりのことに言葉を失っていた。確かに、この扶桑国と日本は同じ条件で生まれたはずだ。もともとパラレルワールドなのだから、言ってみれば双子《ふたご》の兄弟のようなものだ。それが、どうしてこんなに育ち方が違ってしまったのだろう。

「それで、首領様っていうのはどんな男なんです？」

桜は、その答えをまだ聞いていなかった。

「扶桑光《ふそうひかる》というのだよ」

その時、博士が初めてその名を口にした。

「扶桑？　扶桑っていうのは、この国の名前の扶桑ですか」

「そうだよ。そして、名のほうは光輝くの光だ」

「じゃあ、自分の姓をこの国の名前にしちゃったわけ？」

良美が素《す》っ頓狂《とんきょう》な声をあげた。

「まあそうだが、本当の意味で扶桑という男の前身はよくわからない。仮名だという説もある」

博士は言った。

「その可能性は高いな」

と、バットマンは続けて言った。

「扶桑なる男がわれわれの眼前に顔を出した時には、すでに革命委員会のリーダーだった。奴は完全な革命家として、その時姿を現わしたんだよ。例えば、奴は東大卒だと言っているが、東大卒業者の名簿に扶桑光という名前はない。もちろん、本名で載っているかもしれないんだがな。少なくとも私がかつて確認した時にはそんなものはなかった。ただ、今の東大名簿にはもちろん彼の名前は載ってるよ。東大と言わず、新都大学と言うのだがな」

「つまり、経歴を捏造《ねつぞう》したということですか」

「そう。よくある手口さ。革命家なんていうのは、常にそういうことをやりたがるものだよ。自分の経歴を飾りたてたがるからね」

「年はいくつなんです？」

桜は聞いた。

「一応、公式記録では一九三〇年生まれということになっている。つまり、革命が起こった時は三十歳だということだな」

「本当なんですか」

「わからん」

と、バットマンは首を振り、

「偽りの経歴が欲しければ、いくらでもあるよ。なにしろ彼の伝記は、一冊の本になっているぐらいだからな。だが、そこに書いてあることは、どれも私の知るかぎりではいい加減《かげん》なことばかりだ。例えば父親と母親は学者だったとか、その両親が子どもの頃に死んでしまって、とても苦労したことだとか、苦学をして大学を出たとか、いろんな美談調の話はいくらでも書いてあるんだが、全部裏はとれてない。正直言って、彼がどこの何者かも実は私たちも把握《はあく》していないんだよ」

「そんな男が、どうして革命のリーダーになったんです？」

「それは、やはり奴が天才的なアジテーターだったということだろうな。日本をあれだけ熱狂の坩堝《るつぼ》に追い込んだのは、確かに岩清水鬼太郎のような知識人の力も大きかったが、具体的な運動の形に持ち込んで、それをゲリラ戦術でさまざまに成功させたのは、やっぱり奴の功績だよ。来日中のアメリカ大統領の秘書が殺されたりね」

「待ってください。それは、ハガチー事件ですか」

　桜が口を挟んだ。一九六〇年、当時の日本にアメリカ大統領の秘書がやってきて、羽田でデモ隊に包囲されるという事件があったのだ。ただし、その時、秘書は無事脱出している。

「そんな名前だったたな」

　バットマンは頷いて、

「ただ、彼が殺されたことは、アメリカをいったんは激怒させた。しかし、そのへんが奴のうまいところなんだな。これ以上、日本の政治に介入することは、アメリカ人の青年の血を多く流させるというふうに、彼は思い込ませたんだよ。まさに天才的な手腕だった。敵を褒《ほ》めるのは悔しいがね」

　博士も頷いて、

「そのとおりだな。あの後、アメリカは日本から手を引くという決意を固めてしまった。普通なら秘書が殺されたら、面子《メンツ》にかけても反対勢力を打倒しようとするのがアメリカだ。その意味で、秘書を殺すというのは決してプラスの作戦ではなかったはずなのに、彼はそれをうまくプラスに転じてしまった」

「どうやったんです？」

桜は口を挟んだ。

「要するに、彼らの背後にはソ連があり、それが不退転の決意で日本をものにする決意を示している、というふうに思わせたんだな。それに当時のアメリカ大統領が乗せられてしまったんだ。その後は、もう坂道を転がる石のようなものだったよ、扶桑国誕生まではな」

考えれば考えるほど、とんでもない世界に来てしまったと、桜は感じていた。この世界はまさに窒息《ちっそく》しそうな不健康な世界だ。だが、ここを脱出する方法はないのである。彼らが最初にいた世界は、もはや消滅してしまっているからだ。

第四章　裏切りのハーレム

1

それから、桜と良美は三日ほど、その地下基地に滞在した。穴蔵の中で太陽の光には一切《いっさい》触れずに、ただひたすらに資料を読むという、まるでモグラのような生活であった。バットマンの好意で、この時代のさまざまな歴史書や資料が二人に与えられた。そのお陰で、桜は時代のアウトラインを摑《つか》むことができた。

革命が起きたのは、一九六〇年である。バットマンが言っていたように、この年、日米安保廃棄こそ世界の平和へつながるなどという空想的な歴史観を信じた知識人と、それに扇動された大衆が、文字どおり安保の改定を粉砕し、在日米軍のキャンプ、特に兵士の家族たちに対して無差別テロを加えるに及んで、アメリカはとうとうこの国から手を引いた。そして、その後は総選挙で親ソ政権が誕生し、その政権の「要請」によってソ進軍が北朝鮮軍とともに日本に進駐するという事態を迎えたのだ。その総選挙において親ソ政権ができた裏には、公式な文書には書いていないが、革命委員会の選挙に対する脅迫・圧力・強制等があり、その成果として親ソ政権が誕生したのである。

革命によって、皇室はスイスに移転することを余儀なくされた。革命委員会によって組織された特別部隊が皇居を襲い、皇室一家の身に危険が迫ったため、やむなく脱出したのである。公式資料にはないが、この時、皇室に危害を加えることについては多くの日本人が難色を示したらしい。しかし、革命委員会はそれを押し切り、追放に成功した。それから二十五年たった今では、もう皇室を懐かしむ気持ちは国民の中からは消え果てている。

「そうではないよ」

と、突然後ろから声がした。

桜はびっくりして、後ろを振り返った。バットマンがいた。

「驚かさないでください。保安省でも来たのかと思いましたよ」

「いや、悪かったな。君があまりに熱心にそれを読んでいるんでね」

「そうじゃないっていうのは、どういうことなんです？」

「うん？　皇室を懐かしむ気持ちなど、日本人にはないなどというのはでたらめだよ。現に、私がここにいる。私の望みはね、今の革命政権という人民を苦しめるだけしか能のない政権を倒した後、もう一度この国に皇室を呼び戻し、そして、新たに年号をたてていただくということなんだ」

「といいますと、維新党というのはそこから来ているわけですか」

「そう、そのとおりだよ。私は革命ではなくて、維新をやりたいのだ。そのためには、命を捧げる覚悟さ。まあ、公式資料を読むのもいいけれども、あまり洗脳されないようにな」

そう言って、バットマンは桜の肩をぽんと叩くと部屋を出ていった。

良美が近づいてきてささやき声で言った。

「あの人、右翼なのかしら」

「いや、そうじゃないと思うな」

「でも、天皇を呼ぶっていうのは、右翼じゃないの？」

「それは僕にもよくわからないけど、たぶんこういうことじゃないかな」

桜は声をひそめて、

「つまり、天皇家というものがなくなってしまって、初めて日本人というのはその大切さに気がついたんだと思う。そして、天皇家に対する哀惜《あいせき》の心が、かつての貧しかったけれども自由だった日本を哀惜する心と連動していると思うんだ。だから、天皇っていうのはそういう意味の象徴であって、決して超国家主義ということじゃないと思うんだ。現にわれわれは自由民主という価値で、革命政権を打倒するほど強いイデオロギーを持ち合わせていないんじゃないか。結局、最後は天皇に戻っちゃうんじゃないかな」

「そんなこと言ったら、いわゆる進歩的文化人はがっくりくるわよ」

「まあ、少しがっくりしてもらったほうが、いいかもしれないな」

「なぜ？」

「だって、ここは理想の世界なんだぜ。その進歩的文化人とやらの思ったとおりの世界が、ここにあるわけじゃないか。彼らは本当に、こんな世界に住みたかったのだろうか」

桜は吐き捨てるように言った。

「それにしても、私たちどうなるのかしら？」

「どうなるというよりも、どうするという問題じゃないかな」

「革命、じゃなかった、維新運動にも参加する？」

「それは望むところだけれども、でも少なくとも十年は成功しないぞ」

「どうしてわかるの？」

「だって、われわれは一九九五年から来たじゃないか。今は八五年だろ？　つまり十年後の九五年には、まだ維新運動は成功していない。革命政府はそのままあったじゃないか？・」

「あっ、そうか」

良美は絶望的な顔になって、

「じゃあこのまま維新運動で頑張ったとしても、少なくとも十年以上頑張らないとどうにもならないわけね」

「そのとおりだ」

「いっそのこと、もっと過去に遡《さかのぼ》れれば」

良美が突然言った。

「えっ？　どういうこと？」

桜は驚いて言った。

「一九六〇年の日本に行けたら、何とかなるんじゃないかしら？」

「何とかなるかな。それは無理じゃないかな。だって、この歴史の流れっていうものは必然的なもので、個人がジタバタしたって、そう簡単に変わるものじゃないだろう？」

「でも、変わっているじゃない？　ここは、日本とは違うわよ。われわれのいた日本とは違うでしょう？」

「まあ、それはそうだけれども」

「その扶桑光っていう男がカギなのよ。その男さえ、もしこの世にいなかったら、革命は成功しなかったんじゃないの？」

「おい、物騒なことを言うなよ。まさか一九六〇年に遡って扶桑光をぶっ殺すっていうんじゃないだろうな？」

桜の言葉に、良美はちょっと沈黙した。正直言えば、それが図星だったからだ。

「おい、本気か？」

「だって、ほかに私たちがこの逼塞《ひっそく》状態から抜けられる方法ってある？」

「だけれども、人を殺すんだぞ。そんなことできるのかよ、お前？　やったことあるのか？」

「もちろん、やったことなんかないわよ。だけれども、こうなったら止むを得ないじゃない？」

「おいおい、ちょっと待ってくれよ。まず、その扶桑光なる男を仮に殺すことができたとしてもだよ、状況が変わるかどうかわからないということが一つ。そして、何よりも肝心なことはだよ、われわれが一九六〇年にどうやって行くんだ？　行けっこないじゃないか。今一九八五年なんだぞ」

「でも、私たちは一九九五年から来たわ。十年、時を遡って。だから、同じことができるはずよね。あと二十五年、昔に戻れないかしら」

「そんなことが本当に可能なのかな」

　桜は首をひねった。しかし、良美の提案は極めて魅力的なものではあった。とにかくこの状況を抜け出すには、それしかない。コーヒー一杯満足に飲めないこの社会で、何年も生きていくことは、とても堪えがたい。桜は今さらながらに、かつて自分の住んでいた社会がいかに自由だったかを痛感した。ここでは、外を歩く自由すら、満足に認められていないのだ。

　桜は、しばらくぶりに様子を見にやって来た寺尾博士をつかまえて、良美の提案をぶつけてみた。博士は目を白黒させて、しばらく考えていたが、

「それは、君たちの身に起こった物理現象は非常に特異なもので、十年時を遡ることができた

のだから、二十五年遡れないということは言えないだろう。しかしながら、私には君がどうしてそんな形でここへ来ることができたのか、その理由すらまったく説明をつけることができないのだよ。それなのに、そのことを再現しろと言っても、まあ無理だね」

「無理ですか」

　桜はがっくりと肩を落とした。

「まあ、学者としてはそれだけしか言えない。だが、まああえて一個人として、学者の立場を離れて言うならばね」

「何です？」

「君たちは、一種の時空を転移する能力を得たということだろうな」

「時空というのは、時間と空間ですね」

「そう。それが、どんな時に発揮されるのか。ヒントは、この前の事件にあるんじゃないのかね」

「――――」

「つまりだ、君たちがここに来たのは、撃たれたからだと言ったな。銃で撃たれたと。もし、その場に留まっていたとしたら、君たちは死んでいた。そうだね？」

「そのとおりです」

「つまり、君たちの中にある能力というものは、絶体絶命の危険が迫った時、それを放置しておけば生命が失われるような危機に陥った時に、作動するという言い方もできるだろう。だから、再びだね、そういう状況に君たちが追い込まれれば、あるいは追い込めれば」

「あるいは、もう一度時空をジャンプするということができるかもしれない、とおっしゃるんですね」

「そう。ただし、これはあくまで仮説だよ。まったくデータも不足している、資料も不足しているし。第一、君たちに起こったことが本当にどういうことなのか、説明もできないんだけれども、ただ仮説をたてただけのことだ。このスイッチをひねればこうなるんじゃないかということでね。しかし、そのスイッチがどこへどういうふうにつながり、どういう形でその力が発揮されるかということについては、まったくわかっていないのだよ。だから、非常に無責任な仮説だということは覚えておいてくれたまえ」

「わかりました。じゃあ、そういう目にあえばいいんですね」

「しかし、それは危険だから、やめておくべきじゃないか」

「どうしてです?」

「だって、決まっているじゃないか。もし、そんなことをして失敗したらどうする? 例えば拳銃で撃ってもらって、その現象が起こらずに弾丸が君たちの体を貫いたらどうするんだね。いくら君たちでも、死んでしまうだろう」

「そのとおりですね」

桜は頷かざるをえなかった。

博士は慰めるような顔で、

「まあ、当分そんなことは考えずに、ここでいかにうまく暮らしていくかを考えるべきじゃないのかな。生物には適応能力がある。君たちだって、ここの暮らしがそんなに悪いものじゃないと思えてくるんじゃないかと思うんだがね」

博士は言った。だが、桜は到底《とうてい》その気になれなかった。

博士が帰った後、桜は良美にこのことを話した。

「生命の危機が及んだら？　ひょっとしたら、生命に危機が及んだら、その現象が起こるかもしれないと博士は言ったのね？」

「そう」

「じゃあ、そういう状況を人工的に作り出したら？」

「それは駄目だよ。博士はそのことを僕に警告したんだ」

「どんな警告？」

「決まっているじゃないか。もし失敗したら、僕たちは死ぬことになるんだよ」

「それでも、やってみる価値はあると思わない？」

良美は言った。

桜は、黙って首を振った。危険が大きすぎるし、仮にやったところで、革命を阻止できるなどという保証はどこにもないのだ。仮に、革命当時の時間に移動することができたとしても、扶桑光と全面対決することになるかもしれない。だが、桜は人に危害を加えるのは真《ま》っ平御免《ぴらごめん》だった。確かに、この世界の空気は耐えがたい。いまいましいし、ぜひとも変えたいと思う。しかし、だからと言って、他人に危害を加えることによってそれを達成しようとは、夢にも考えられない。

2

桜と良美は、しばらく維新党の地下基地で過ごした後、退屈のあまり外の世界に出たいと思い、バットマンに申し入れた。

「見学をするというわけか」

バットマンは苦笑いしながら言った。

「そうです」

「まあ、言うまでもないことだが、君たちはこの世界の人間じゃない。常識も知らないし、危ない目にあうかもしれない」

「それは覚悟しています」

「まあ、どうしても見たいというのなら、仕方がないだろう。私も君たちの立場だったら、ぜひ見たいと思うだろうからな。半日ほど待ってくれないか」

「何をするんです？」

「君たちの身分証明書を作るのさ」

半日待たされたのは、写真を撮ったからだった。そのカメラも、桜たちの世界にあるものとはまったく違った旧式の二眼レフカメラで、しかもモノクロで写真ができてくるまでに半日かかった。もちろん、この地下基地は自給自足の体制を整えているのである。それを質の悪いボール紙のようなものに貼り、刻印を打った証明書ができてきたのは午後三時を回った頃だった。

「君の名前は林《リン》になっているから、注意するように」

と、バットマンは身分証を手渡しながら注意を与えた。

「知っています。桜という名前はタブーなんでしょう？」

「そのとおりだ。まったく厄介な世の中でね。良美くんのほうは本名にしておいた。まあ、本名のほうが咄嗟《とっさ》に誰何《すいか》された場合に、名乗り間違いをすることが少ないからな。案内人をつけるから、その指示にすべて従うように」

案内人に指名されたのは、まだ二十歳そこそこの若い女の子だった。髪を三つ編みにし、顔には化粧気がまったくない。桜は、もしちゃんとメイクしたら、かなりの美人だろうなと思った。そういえば、桜は良美の素顔をこの世界に来てから初めて見た。あまり化粧品を使っている女性がいないので、良美も外へ出るために化粧を全部落としたのである。

「意外とおもしろい顔しているんだな」

桜はからかった。

「何よ。素顔でもそんなに美人なのって、褒めたらどうなの？」

良美は口を尖らせた。

案内人の名は、輝《アキラ》と言った。輝くという一字を書いて、アキラという。もちろん女性の名前である。

「珍しい名前だね」

桜は言った。

「そうですか。われわれの世代では、こういう名前が多いんですけれども」

と、輝は答えた。

「どうしてかしら？　女の子の名前だったら、何々子さんっていうのが多いんじゃない？」

「いえ、それは封建的だということで、今はそういう名前の人はいません」

「いない？　いないっていうのは、一人もいないっていうこと？」

「そうです。みんな改名しましたから」

「へぇ、そういうものなのか。しかし、なぜ何々子だと封建的なのかな」

「私にもよくわかりませんけれども、その名前の付け方は旧来の家族制度の残影を引きずっているということで、首領様が指示されたのです」

「やれやれ、首領様か。困ったもんだね」

桜が思わず言うと、輝は驚いたように目を丸くして、口の先に指を立てると、

「ここでは、そういうことは言わないように。もし首領様のことを言う時は、必ず敬語を使ってください。どこに保安省の目が光っているか、わかりませんし。首領様を誹謗《ひぼう》する人間を密告した者には報奨《ほうしょう》が与えられますから」

「わかった、注意する」

桜はあわてて周りを見渡した。まだ、地下基地の秘密の出入口を出てから間もないところである。商店街というには、あまりにお寒い風景だが、とにかくまるで神社のお祭りの露店のような店が立ち並んでいた。そして、申し訳程度に並べられた商品の周りに人民服を着た人間が何人か歩いている。その表情は一様に暗く、活気がなかった。

「どうしてみんな、こんなに元気がないの？」

良美が小声で輝に聞いた。

「みんなお腹《なか》が空《す》いているんです。食糧が、あまり十分に支給されていないものですから」

「そうなの？」

「ええ。計画経済になってから、どうも食糧の増産がうまくいかないんです。だけれども、本当に気をつけてくださいね。さっきの件で密告した人間には、七面鳥の丸焼きとか米とか味噌が与えられるんです。だから、みんな必死なんです。人のあら捜しをしようと思って、鵜《う》の目鷹の目で聞き耳を立てているんです」

その言葉に、桜はぞっとした。確かに、飢えた人間ほど怖いものはないのかもしれない。

「どんな商品を売っているか、ちょっと見てみたいのだが」

「いいですよ。どうぞ。これが食料品店です」

その食料品店は、桜の目には汚ないシートを敷き、上に何か藁《わら》のようなもので仮の屋根を作った露店にしか見えなかった。そこには、小さくて色つやもなく形の悪い野菜、大根とか人参とかキャベツのようなものが申し訳程度に並べられ、その横に何かとても耐えがたい臭いのする漬け物を仕込んだ樽《たる》があった。

「肉とか卵とかは、別の店にあるの?」

良美が聞いた。

「いえ、これだけです。基本的な食糧は配給されることになっています。それ以外のもので、余剰の生産物は売ってもいいことになっているんですけれども、普通の場合、この程度のものしか出ません。私、死ぬまでに一度、肉をお腹一杯食べてみたいと思っているんです」

輝が答えた。

ほかの店も似たようなものだった。一応、雑貨屋とか薬屋とか、そういう名のつくものはあったが、薬屋で売っているのは怪しげな漢方薬ばかりだし、雑貨屋には歯ブラシとかコップのような極めて普通の日用品しか置いてなかった。そして、極めて印象的だったことは、それが全部種類が一つしかないことである。歯ブラシも一種類、コップも一種類。例えば色を選べるとか、形を選べるというようなことは一切ないのであった。

「公園に行ってみましょうか」

輝はそう言って、先に立った。

公園だけは、確かに立派なものだった。桜の住んでいた東京のビルとビルとの谷間にある本当に猫の額のような公園とは違い、ここは敷地はたっぷり取ってあった。そして、芝生があり、花壇があり、中央にコンクリートの台座に載せられた高さ十メートルぐらいの金色の像が立っていた。男の像である。男はすっくと台座の上に立ち、右手の人差し指を伸ばし、天の一点を指している。顔はそちらに向けられている。その顔は意外にふっくらとして耳たぶが大きく、目も大きく、ちょっと見には仏像のような印象を与える顔であった。

「これが首領様ですね？」

桜は言った。

公園には、竹箒《たけぼうき》を持った男女があちこちにいた。それで地面の落ち葉やゴミをきれいに掃《は》いているのである。それを見ていると、そのうちに小学生ぐらいの集団がやって来て首領像の前で深々と一礼すると、梯子《はしご》や脚立《きゃたつ》を掛けて上に昇り、像をきれいに拭《ふ》き清め始めた。

「あれは何です？」

「人民学校の勤労奉仕ですよ。ああやって、各地にある首領様の像を清めることで、革命精神の高揚を図るんですって」

輝の声には、何となく皮肉が感じられた。桜は、もううんざりしていた。とにかく、この世界はいればいるほど気分が悪くなってくる。

「もう帰りましょう。とにかく、まだあの地下基地のほうが住み心地がよさそうだ」

事件は、その帰りに起こった。桜たちが公園から戻り、商店街へ向かうために広い道路を横断しようとしていた時に、突然リムジンがものすごいスピードでこちらへ向かって走ってくるのに出会った。そのリムジンを一目見ると、輝は顔色を変え、道路の隅に二人を引き寄せた。

「私と同じように跪《ひざまず》いてください。早く」

と、輝は片膝をついて頭を垂れ、まるで祈るような仕種《しぐさ》をした。桜もあわててそれを真似て、聞いた。

「何ですか、これは?」

「あの車、首領様の車ですから」

「えっ? どうしてわかるんです?」

「あの大きさの車は、首領様しか乗ってはいけないことになっていますし、旗がついているでしょう?」

と、輝は言った。

そう言われて、桜はこっそり顔を上げてリムジンのほうを見ると、桜のいた世界でのハイヤーに会社の社旗がつけられていることがあるが、その位置に白地に赤の星である扶桑国の国旗に金の縁取りをしたものがあった。それが、おそらく首領様の乗っていることを示す旗なのだろう。

「通り過ぎるのを待ちましょう。跪いていれば、何の問題もありませんから」

ところが、向こう側にいた人民学校の生徒の中から、一人の子どもが何を思ったのか突然道路に飛び出した。そこへ車が猛然と突っ込んできた。桜は危ないと思ったが、もうその時は間に合わなかった。子どもは車に撥《は》ね飛ばされ、地面に叩きつけられた。リムジンは急ブレーキをかけて止まった。桜と良美はその子どもに駆け寄って、助け起こした。だが、その子どもはもう体がぐしゃぐしゃになっており、即死状態だった。

車が止まり、中から運転手が降りてきた。まるでナチスの制服のような厳《いか》めしい服と帽子を身につけた運転手は、桜のところに歩み寄ると、

「お前たちは、この子の両親か？」

その高圧的なものの言い方に桜がムッとして振り向くと、運転手は露骨に不快な表情を浮かべ、

「首領様のお車を遮《さえぎ》るとは、何事だ。監督不行き届きだぞ」

「何だと？」

桜は怒った。

「子どもを轢《ひ》いておいて何だ。それが轢いた人間の言うことか」

桜は猛然と抗議しようとした。輝が走ってきて桜の袖を引くと、あわててこう耳打ちした。

「駄目です。逆らってはいけません」

「何で？　子どもが轢かれたんだぞ」

桜は大声を出した。

「何ででも、黙っていてください。この国では、車に轢かれたほうが悪いんです」

「どうして？」

「だって、車は必ず党の幹部が公務で乗っているものなんですから、それで公務執行妨害になるんです」

「そんな馬鹿な」

「おい、お前たち、何を言っておるんだ？」

運転手は、居丈高《いたけだか》に言った。

「これ以上の反抗的言動は許さんぞ」

「待ちなさい」

突然、背後からの太い声がした。後ろのドアが開いて、まず護衛官らしい男が一人出た後、その男が直立不動で敬礼する間にもう一人の男が中から出てきた。その男は、銅像そっくりの顔かたちをしていた。男は訝《いぶか》しげに良美のところに歩み寄ると、言った。

「麗花《れいか》、なぜこんなところにいるのだ？」

良美はわけもわからず、その男、首領様の顔を見た。

3

首領様こと扶桑光の問いに対して、良美が何も答えられずにいると、さらに首領様は問い掛けてきた。

「どうした？　早く答えろ。お前は麗花ではないのか？」

「麗花って――。孫《そん》麗花のことですか」

良美は目を見開いたまま言った。

「そうだ」

首領様は頷いた。

「孫麗花は私の母です」

と、良美はかすれた声で答えた。

「お前が麗花の娘？」

首領様は首を傾げていたが、

「麗花にこんな大きな娘がいるとは聞いたことがなかったが、お前の名は？」

「良美です」

「姓は？」

「金村です。いえ、本当は……」

と、良美はうつむいて、

「本姓は金《きん》です」

「そうか。わかった。わしと一緒に来なさい」

「閣下」

と、護衛官の男があわてて言った。

「このように素性のわからない者を、お近づけになってはなりません」

「馬鹿者！」

首領様は一喝した。その言葉に、護衛官だけではなく、運転手やお付きの者も縮み上がった。

「わしの言葉に逆らうということは、国家反逆罪になるのだぞ。わかっておるのか？」

「ははっ、申し訳ございませんでした」

護衛官はその場に土下座《どげざ》し、額をコンクリートに擦《す》りつけんばかりにして謝った。

桜は一部始終を呆然と見ていた。そして、首領様が良美を連れ去ろうとすると、慌ててそれを阻止しようとしたが、輝が袖を摑んで首を振った。

「駄目です。ここで変なことをすれば、下手をすると射殺されますよ」

小声で輝は必死に警告した。

良美もいやいやをしたが、頑丈な体つきの護衛官と車から出てきたもう一人の護衛官に両脇を掴まれ、無理やり車の中に連れ込まれた。そして、車は猛スピードで走り去った。

桜は後を追ったが、車はあっと言う間に小さな点となり、見えなくなった。

4

首領様を乗せたリムジンは、首都新都の中心地にある、巨大な宮殿のような建物に滑り込んだ。良美は、かつて『ラストエンペラー』という映画で見た中国皇帝の宮殿の門を思い浮かべた。巨大な門を入ると、やや東洋風ながらコンクリートで作られたがっしりとしたものが建っている。屋根は瓦葺きである。そして車は、これは西洋の宮殿にあるような庭園の中心部を真っ直ぐ通り抜け中央の建物に着いた。オペラハウスの入口のような石段があり、そこに大勢の男女が迎えに出ていた。

「その女を、わしの執務室に連れてこい」

首領様は命令すると、一人でさっさと奥に入った。お付きの者が、慌ててその後を追った。

良美は抵抗したが、大男の護衛官にがっしりと両脇を固められては身動きすることもできない。そのまま奥の執務室に連れ込まれた。

それは、畳にすれば五十畳敷きもありそうな広い部屋で、周りは大きなガラスの窓で囲まれ、庭園を一望の下にできる極めて眺めのよい部屋であった。その中央に、これも畳三畳分ぐらいの大きなデスクが置かれ、大きな一人掛けの椅子がある。机の上には、扶桑国の国旗のミニチュアが立っていた。

先に部屋に着いていた首領様は、その椅子にゆったりと身を預けた。首領様の服装は一応人民服だが、ほかの人民服のように階級や所属を示す名札がついていない。紺一色である。しかも近づいてよく見ると、それは一般の人民服と違って木綿ではなく、化繊でもなく、ビロードでできていた。

「お前たちは下がってよい」

首領様は厳《おごそ》かに言った。護衛官たちは顔を見合わせたが、首領様の意思が固いことを知ると、その場に一礼した。

「では、何かありましたら、すぐお呼びくださいませ。外に控えております」

護衛官は外に出た。

首領様はインターホンで執事に冷たい飲み物を持ってこさせると、自らも飲み、良美にも勧めた。良美は喉《のど》が渇《かわ》いていたので、それを一気にあおった。何かよくわからないが、蜂蜜のようなものを混ぜた健康茶らしかった。

「お前は先ほど、孫麗花の娘だと言ったな」

「はい」

　良美は答えた。

「そんなはずはない！」

　突然、首領様が大声で怒鳴ったので、良美は恐怖のあまりしゃがみこみそうになった。立ったままで、尋問を受けているのである。

「どうしてですか？」

　良美は必死に反問した。

「お前の母は、一九五五年生まれのはずだ。生きていれば、今年で三十歳だ。だが、お前はどう見ても二十歳以上だ。なぜ三十歳の女に二十歳以上の娘がいるのだ？　十歳の時に子どもを産んだとでも言うのか？」

　首領様は鋭く追及した。

（それはそうだけれども――）

　良美は思った。

　確かに十歳では子どもは産めない。しかし、実は良美の母は十五歳の時に彼女を産んだのである。そのことは、これまで誰にも話したことがない。もちろん、桜にも。

「どうだ、ぐうの音《ね》も出まい」

　首領様は勝ち誇ったように言った。

「お前はアメリカのスパイだろう？　わしがあの麗花のことをいまだに思っていることを知っ

て、白系日本人《はっけい》の中から麗花に似た女を捜し出し、そしてわしに接近させようと企《たくら》んだのだ。どうだ、そうに違いあるまい」

「違います」

良美は断固として言った。

「麗花は私の母です」

「ほう。それならば聞くが、麗花の出身はどこだ?」

「本貫(本籍)は慶尚北道客家村《けいしょうほくどうきゃっかそん》ですが、神戸生まれです」

「誕生日は?」

「一九五五年九月三日」

「血液型は?」

「Bです」

「利《き》き腕《うで》は?」

「普段は右を使っていますが、本当は左です」

それを聞くと、首領様は薄笑いを浮かべ、

「ほう、少しは調べたらしいな。だが、そんなことは資料を少し漁《あさ》れば、誰にも覚えられることだ」

「母にはバセドー病の持病がありました」

仕方がないので、良美は叫んだ。

だが、首領様はせせら笑って、

「それも病歴を調べればわかることだ。そういう病気は、病院に行かないでは済まされないかrな」


「じゃあ、これはどうです？　母の肩胛骨《けんこうこつ》の内側には、ちょうど北斗七星《ほくとしちせい》のような形のホクロが七つあります」

首領様は初めて、ギョッとしたように良美を見た。

「そうだ、そのとおりだ。なぜ、そんなことを知っている？」

「私の母だからです」

「まだ言うか？」

首領様は、癇癪《かんしゃく》を起こした。

「お前が一九五五年生まれ、生きていれば三十歳の麗花の娘だと？　そんなはずがあるものか」

（無理もない）

と、良美は思った。良美は二十五歳である。そして、一九八五年には本当は十五歳だった。十五歳の娘がいるなら、まだわかるが、確かに三十歳の母の娘としては歳をとりすぎている。

「母は、極めて若い時に私を産んだのです」

良美はついに、あまり言いたくないことまで言わざるをえなかった。

「極めて若い時と言ったな。いくつだ？」

「十三です」

本当は十五だったが、良美は話の辻褄《つじつま》を合わせるためにあえて嘘を言った。

（お母《オ》さ《モ》ん《ニ》、ごめんなさい）

「十三歳？　そんな低年齢で子どもが産めるものか？」

「産めます。記録だってあるはずです。十二歳の子どもが、産んだことだってあります」

「それは望んで産んだというのか？」

「――いいえ」

と、良美はうつむいた。

「無理やり、母は犯されたのです。それで私を産みました」

しばらく沈黙があった。そして、その沈黙を破ったのは首領様のほうだった。

「お前は、いまいくつになる？」

良美は、わずかの間に必死に計算して答えを出した。

「十七歳です」

もちろん嘘だ。しかし、十三の時に母が産んだという嘘を本当にし、今の年齢と一致させるためにはそうするしかない。

「十七？　歳《とし》のわりには老けて見えるが」

と、首領様は笑って、

「化粧してないせいかもしれんな」

先ほどとは明らかに態度が変わっていた。

「私の言うことを信じないんですか」

良美は詰問調で言った。

「ははは。そういうところは、母親にそっくりだな」

首領様は初めて笑みを浮かべると、

「お前はアメリカのスパイかもしれん。だが、もしスパイだとしたら、これほどうまくできた偽物をわしは見たことがない。確かに、麗花は前に子どもを産んだことがあると言った。あの麗花の体には、妊娠線がくっきりと刻まれていたからな。だが、いつ誰の子を産んだのか、決して答えようとはしなかった。そして、五年前、あの女は突然わしの前から姿を消した。お前に聞こう。母はどうしている？」

「死にました」

良美は答えた。

「死んだ？　何で？」

「甲状腺《こうじょうせん》ガンでした」

それは事実である。この時点から五年前、即ち一九八〇年、良美の本当の年齢が十歳だった時に、母は死んだのだ。

「そうか、死んだか。二十五でか」

首領様は、それからしばらく目を閉じて昔を思い出しているような風情《ふぜい》であったが、しばらくして目を開けると、良美を今度は穏やかな目で見つめた。

「ならば、お前の運命は、これからわしが決める」

「どうするんです、私を?」

答える代わりに、首領様はデスクの上の呼び鈴を押した。直ちに、護衛官がドアをノックして中に入ってきた。

「この女を裏の離宮に連れていけ。そして、準備をさせるのだ」

「わかりました」

護衛官は頭を下げて一礼すると、良美の腕を摑んで外へ引きずり出した。

「どこへ連れていくの?」

「そのうちわかる」

護衛官は下卑《げび》た笑いを浮かべて、そう言った。

5

桜は輝に引きずられるようにして、ようやく地下基地に戻った。しかし、連れ去られた良美の身が心配で、その夜は一睡もできなかった。

バットマンに事情を訴えると、調査は約束してくれた。しかし、こうも言った。

「桜君、首領様の周りは言うまでもないことだが、厳重に警備されており、その身辺に近づけるのは極めて限られたエリートだけだ。彼は暗殺を恐れているし、彼の住んでいる宮殿は一般社会とは隔離された聖域だから、われわれには窺《うかが》い知る方法もないのだ。その調べは、あるいは長くかかるかもしれないよ」

「とにかくお願いします。彼女の身が心配なんです。ひょっとしたら、殺されたんじゃないかとか。彼女はどうも何事もぽんぽんと言ってしまう気性ですから、身元なんか調べられたらどうしようもない」

「あの身分証明書は偽物とはいいながら、普通の調べではわからないようにはなっている」

バットマンは慰めた。

「だが、君の心配はもっともだ。とにかく、あらゆる手だてを講じて、彼女がどうなったか、いまどこにいるのか調べてみよう」

知らせが来たのは割と早かった。バットマンは、いかにも気の毒だという顔で、桜を見た。

「どうしたんですか。まさか殺されたんじゃ？」

と、桜はそこまで言いかけて、言葉を呑み込んだ。

「いや、命の心配はない。殺されたり拷問にあったということはないんだ」

バットマンは、そう言って言葉を濁した。何か奥歯にものが挟まったような言い方だった。

「どうしたんです？」

桜は怪訝《けげん》な顔をしてバットマンを見た。

「桜君、これは非常に言いにくいことなんだけれども、ショックを受けないでどうか冷静に聞いてくれ。彼女はどうやら離宮に入れられたらしい」

「リキュウ？」

「うん。そう」

バットマンは曖昧《あいまい》な返事をした。

「離宮とは何ですか」

「彼の、つまりだな、首領の身辺を世話する女性たちが集められているところだ。もちろん世話というのは、単に身のまわりのいわゆる家事という意味ではない。そういえば、君にもわかるだろう」

桜は、それを聞いて愕然《がくぜん》とした。

「じゃあ、こういうことですか？　つまりハーレムに？」

バットマンは頷いた。

「残念だが、そういうことになるな」

桜は、全身の血が逆流するような怒りを覚えた。彼は、バットマンを押《お》し退《の》けるようにして外へ出ていこうとした。バットマンは、その肩を強く摑んだ。

「どうするつもりだね？」

「決まってるじゃないですか。良美を取り返しに行くんです」

「何を馬鹿なことを言っているんだ。相手はこの国の最高の権力者なんだぞ」

「権力者だろうと何だろうと、良美がそんな目にあうのを黙って見ているわけにはいきません」

「だが、彼はこの国でいちばん豪奢《ごうしゃ》な宮殿の中に多数の護衛に取り囲まれている。彼はこの国の、陸海空の三軍を操れる総司令官でもあるんだぞ。そんなところに、どうやってたどり着くっていうんだ？」

「武器を貸してください」

桜は言った。

バットマンはゆっくりと首を振り、

「無駄だよ。仮に、君に機関銃を貸し与えたところで、君はおそらくあの宮殿の門の中に入ることすらできないだろう。近づいただけで射殺されて、それで終わりだよ。犬死にはやめたまえ」

「でも、バットマン、僕にはそんなことはとても許せないんです」

「君の気持ちはよくわかる。いや、こんなことを言っても、単なる慰めの言葉だと思うかもしれないけれども、それは違う」

バットマンは、今度は桜の両肩を摑んで力強く説得した。

「いいかい？　そういう目にあったのは、この国では君だけじゃないんだ。この国ではね、十五歳になると全国の女性の中から美人選びが行なわれて、そのうちの首領のお眼鏡に適《かな》った人間は、恋人からも親からも引き離されて、そのハーレムに送られるんだよ」

桜は床にへなへなと崩れ落ちた。そして、次の瞬間、大声を上げて泣き出した。


良美は、護衛官に離宮の入口に連れてこられた。そこには、太った女の護衛官が二人立って入口を固めていた。

「これから先は、男は入れないことになっている。まっ、せいぜい体を磨いて、出世のきっかけにするんだな」

良美をここまで連れてきた護衛官はそう言うと、女の護衛官に良美を引き渡した。

「さあ、来なさい」

良美は抵抗したが、二人はまるでプロレスラーのような頑丈な体軀《たいく》と怪力の持ち主だった。

引きずられるように、良美は入口の門を入って廊下を十数メートル行ったところにある部屋に連れ込まれた。そこの奥には、これまた四十をいくつか過ぎたぐらいのがっしりとした体躯の女が、軍服に身を固めて座っていた。

「私が、この離宮の総責任者の福田《ふくだ》中佐です。あなたは、この名誉ある離宮の一員として今日から登録されます。警告しておきますが、ここでは監督官の命令に絶対服従ですからね。もし服従をしない場合は、国家の法律によって処断《しょだん》されます。そのことをあなたに警告しておきます」

　中佐は高圧的な口調で言うと、良美を連行してきた護衛官に命じた。

「では、直ちにこの女を医務室に連れていき、身体検査をしなさい」

「わかりました」

　護衛官は、その隣りの部屋にある医務室に良美を連れていった。そこには分厚い眼鏡をかけた五十過ぎの、これも女性の医師が白衣をまとって良美の到着を持っていた。

「この女ね。金村良美。じゃあ、服を全部脱ぎなさい」

　女医は言った。

「いやです」

　胸元を押えて、良美は叫んだ。

「何を言ってるの？　あなた、さっき監督官の注意を聞かなかったの？　ここでは命令には絶対服従よ。さあ、早く脱ぎなさい」

良美はなおも抵抗したので、護衛官は二人がかりで良美の着衣をはぎ取ってしまった。下着まですべてはぎ取られ、一糸《いっし》もまとわぬ姿にされた良美は、恥ずかしさのあまり腕を交差させ胸を隠し、その場にしゃがみこんだ。

「立たせなさい。困ったもんだね。とにかく、検査をしますから、あそこの診察台に固定してください」

「やめてよ、助けて！」

良美は泣きわめいたが、強引に良美の体は診察台の上に上げられた。それは産婦人科にある、女性が仰向けで寝て、両足を持ち上げて大きく股を開くという形の診察台だった。ただ違うのは、それぞれベルトがついていることである。両腕と胴、そして両足を固定された良美は、全裸のまま恥ずかしい姿を同性の前に晒《さら》さなければならなかった。

女医は事務的に消毒液で手を洗うと、いきなり良美の秘所に指を突っ込んだ。

「キャッ」

良美は叫んだ。

「あなた、処女じゃないわね」

女医は断定するように言った。

見ていた二人の女護衛官は、下品な笑いを浮かべて顔を見合わせた。

「最近の若い子にも困ったものね。貞節ということを知らないんだから」

女医は、今度は指を別の場所に突っ込んだ。良美は、今度は痛さのあまり悲鳴を上げた。

「痔《じ》はないようね。あと、性病痕もなし。麻薬等の薬物使用の痕《あと》もなし」

女医は、まるで機械の点検をするかのような態度で次々と良美の体を検査し、書類に必要事項を書き入れた。良美は屈辱と恐怖と怒りのあまりに泣きわめいたが、女医は容赦なく言った。

「あまり叫ぶと箝口具《かんこうぐ》を嵌《は》めるわよ。それでもいい？」

そう言われたので、良美は歯を食いしばるようにして声を漏らすことだけはやめた。だが、悔し涙が後から後から頬を伝って流れた。

屈辱の検査が済むと、良美は全裸のまま廊下を歩かされ、奥の部屋に導かれた。両開き扉を開けて中を見せられた時、良美は驚きのあまり目を見張った。そこにはプールのような大きな浴槽があった。大理石で作られた浴槽には、ローマ風の蛇口や飾りがあり、五十人近い女が入浴していた。髪を洗っている者もいれば、体を磨いている者もいる。浴槽につかっている者もいる。みな、若くて美人である。

「第六班の班長はおるか？」

護衛官が叫んだ。

「はい」

そう答えて浴槽から出てきた若い女が、裸のまま直立不動で護衛官の前に立った。

「今度から、お前の班に所属することが決まった良美だ。面倒みてやれ」

「わかりました」

護衛官は良美の肩を摑んで前に出すと、

「さっ、班長殿に挨拶しろ。これから、お前の面倒をみてくれることになる。いいな、班長の命令には絶対服従だぞ」

そう言うと、護衛官はその奇怪な浴場から出ていった。

「乱暴なんで、びっくりしたでしょう?」

班長は言った。

良美は怯《おび》えて、その女を見た。しなやかな抜群のスタイルを持つ美しい女性である。年齢は二十歳を少し過ぎたぐらいだろうか。髪はショートにまとめ、ボーイッシュな感じがした。

「私はマドカよ」

「マドカさん?」

良美は消え入るような声で言った。

「そう片仮名でマドカって書くの。あなたは良美さんね。これから仲良くしましょう。とりあえずお風呂にでも入らない?」

マドカは明るい声で言った。良美が尻込みしていると、マドカはその手を引っ張って良美を浴槽に誘《いざな》った。中は何かただのお湯ではない薬湯なのだろうか、薄い緑色の色がついており、極めていい香りがした。

「いま医療班の検査を受けたのね。わかっているわ。あの女はね、私たちの若さに嫉妬《しっと》しているのよ。だから、乱暴な検査をするのよ。気にしないでね」

「――――」

良美はうつむいたまま湯につかっていた。

「どうしたの？　元気出しなさいよ。それはつらい思いをしたことはわかるけれども、あれはどうしても必要な検査なのよ」

そう言われて、良美は初めて顔を上げた。

「必要な検査ですか？」

「そうよ。だって、私たちはこれから首領様のご寵愛《ちょうあい》を受けるのよ。もし変な病気にかかっていたりしたら、ご迷惑をかけることになるでしょう」

良美はそれを聞いて、信じられないようにマドカの顔をまじまじと見つめた。

「ここは、そういうところなんですか？」

「そうよ。それ知らなかったの？」

マドカは呆れたように言い、そして笑った。

「ここは、この扶桑国数百万人の女の憧れの地なのよ。ここに入れることは、一家にとっても一族にとっても本人にとっても大変な名誉じゃない？　それ、あなたわかっているの？」

良美はそれを聞いてぞっとして、気が遠くなった。何か叫び声が聞こえたような気がしたが、そのまま良美は失神してしまった。

6

気がつくと、良美はベッドの上に寝かされていた。朦朧《もうろう》とした視界がくっきりしたものとなると、そこにマドカの顔があった。

「どうしたのかしら、私」

良美は言った。

「ちょっと湯あたりをしたのかもね。とにかく、これを当てて」

と、マドカは冷たい水で絞ったタオルをくれた。良美はそれを顔に当てて、ようやく生き返る心地がした。

良美は、そこで自分に被《かぶ》せられているのが大きなバスタオルで、相変わらず自分は全裸のままでいることに気がついた。マドカはそれと察して、きれいにたたまれたバスローブを良美のところに持ってきた。

「さっ、これ着るといいわ」

「ありがとう」

良美はそれを纏《まと》った。マドカもバスローブを着て、頭にタオルを巻いていた。良美は、この世界に来て初めて普通の風景を見たと思った。もといた日本の、決して貧しくなく、不潔でもない世界の。

そこは、大浴場に接したドレッシングルームだった。周りにはマッサージを受けるための簡易ベッドが並び、一方の壁には豪華な鏡台がいくつも据えられている。良美が立って歩み寄ってみると、そこに置かれている化粧品はすべて外国製で、しかも一流ブランドのものばかりだった。

「このバスローブも外国製？」

良美はそうに違いないと思った。この心地よい肌触りは、これもここの世界に来てから初めてのことである。

「そうよ。ここにあるのは、みんな一流の品」

マドカが、当然というように言った。

「さっ、ちゃんとお化粧しましょう。お化粧の仕方は知っている？」

「ええ」

良美は答えた。この世界に来て、きちんと化粧をするのも初めてのことだった。なにしろ、この国にはまともな化粧品そのものがないのだから。

鏡の前に座って丁寧《ていねい》に肌のマッサージから始めた良美を見て、マドカは歓声を上げた。

「あなた、うまいじゃない？　どこで習ったの？」

「それはね」

と、良美は言葉を濁した。本当のことを言って何になるだろう。狂人扱いされるだけのことだ。

「母が、こういうのの専門職だったのよ」

「へぇ、美容院か何かに勤めてたの？」

「そうね。まあ、それに似たようなものだわ」

「ねぇ、あなた、私にちゃんとした化粧の仕方、教えてくれない？」

マドカは言った
「いいわよ。じゃあ、基本のマッサージからね」

と、良美は丁寧にマドカをコーチした。

「とってもきれい」

と、それぞれのメイクが終わると、マドカは改めて良美を褒《ほ》めた。

「うん、こうして見ると、すごく美人に見えるなあ」

と、良美は鏡を見て笑った。

「本当に美人だもん。私なんか――」

と、マドカは少し恥ずかしそうにうつむいた。良美はそれを見て、この班長に好意を持った。

大浴場から出ると、二人は普通の服に着替えた。下着類は、これも外国の一流ブランド品だったが、上に着るドレスだけは絹でできているものの、誰もが同じ何の飾りもない質素なワンピースだった。

「どうして、服だけは質素なのかしら」

良美は小声で言った。マドカは、

「それはね」

と、あたりを見回して、ほかの女には聞こえないように、

「首領様の方針なの。こうしておいたほうが、それぞれの顔の違いがはっきりわかるでしょう？」

「そう？　それぞれ自由に服を着せたほうが、個性が出ていいんじゃない？」

「へぇ、あなたおもしろい考え方するのね」

と、マドカは笑った。

「とにかく、居住区に戻りましょう」

二人は、長い殺風景な廊下を歩いて居住区に入った。そこには、それぞれ個室が与えられており、マドカは新しい部屋の一つに良美を案内した。

「この部屋は、内側から鍵が掛かるようにはなっているけれども、監督官が来たら必ず開けなきゃ駄目よ。命令には絶対服従。いいわね？」

マドカは念を押した。良美は不承不承《ふしょうぶしょう》頷いた。

窓から見ると、居住区は三階建ての建物で、全体としてマンションのような造りである。部

屋に入ると、良美は真っ直ぐ窓のところに行って外を見た。はるか向こうに高い塀が見えた。ここは、全体をそれで囲まれた別世界なのだ。

良美はふと、すぐ眼下の広場に視線を落とした。そこには、中学生ぐらいの女の子が何人も、体操服のようなものを着て集まり、体操をしていた。

「何、あれは？」

良美は尋ねた。

「ああ、予備軍よ」

その時だけ、マドカはちょっとだけいやな顔をした。

「予備軍って何？」

「えっ？　あなた、予備軍の出身じゃないの？」

マドカは逆に問い返した。

「いいえ、違うけど」

「へぇ、あなたってツイてるのね」

マドカは感心したように、

「あの子たち知らない？　ほら、十五歳になったら選ばれるじゃない？　その子たちよ」

良美はなおも質問しようと思ったが、不審に思われるのを恐れて、忙しく頭を働かせた。

（要するに、この子たちはハーレムの予備軍っていうことかしら。十五歳で、もうこちらへ来るの？）

「で、いつからなの？」

と、良美は聞いた。

「決まってるじゃない。十六からよ。十六から、長い人で八年、短い人で六年務めるのが、決まりよ」

良美はゾッとした。だとすると、あのいたいけな少女たちは、全部扶桑光の毒牙にかかるのだろうか。しかし、マドカはそれをむしろ名誉と思っているようなのだ。

「その年限というか、その歳になったらどうなるの？」

「それは、首領様が適当な嫁入り先を見つけてくれるのよ。例えば親衛隊員とか、一流の技術者とか。大丈夫よ、後のことは何の心配もないわ。現に私は、幸せになった例をいくつも知っているもの」

マドカはそう言ったが、

「でも本当は、首領様のお種を宿すのがいちばんいいんだけど」

その言葉を聞いた時、良美は改めて、この世界は自分のいた世界とはまったく違うのだということを痛感せざるをえなかった。

7

「首領様」扶桑光は、執務室で書類に目を通していた。午後の三時間ほどは、この部屋で、国の重要な案件に裁断を下すのが日課であった。夕方五時には執務を終わり、格段の予定がなければ入浴し、その後、豪華な夕食をとり、離宮で時を過ごすのである。食事には気に入った女を同席させることもあれば、たった一人のために外国映画を上映させて、それを楽しみながら食事をとることもあった。

今日は、どういう夜を過ごそうかと考えている時に、突然、彼の耳にかすかな爆音が聞こえた。航空機の爆音である。扶桑光は訝《いぶか》しげに立ち上がり、大きな窓の前に立って外を見た。この宮殿の上空には、いかなる航空機も侵入することはできない。そのように国法で定められている。もしこの宮殿に爆音が轟《とどろ》く時があるとすれば、それはクーデターの際に、彼が少数の選ばれた人間とともに脱出するための大型ヘリコプターの爆音だけのはずである。

しかし、その爆音はますます大きくなっていた。彼はその時、突然気がついた。上空から一機の軽飛行機が、こちらに向かって真っ直ぐ降下してくる。それも、相当なスピードだ。このあたりには、着陸する場所などもちろんないし、その飛行機が何を狙っているかは明白であった。扶桑光はあわてて脱出しようとした。もうほとんど時間がなかった。急降下してきた飛行機は、執務室の窓ガラスを突き破ると、中に激突し大爆発を起こした。

「桜君、われわれにとって絶好の機会が来たのかもしれない」

突然、部屋に飛び込んできたバットマンがそう言った。

桜はこのところ、食事もろくに喉を通らず、げっそりとやつれていた。良美の運命を思うと、食事どころの騒ぎではなかったのである。

「何があったんです？」

桜は無感動に言った。だんだん、この国の人々の表情に似てきたような気が、自分でしていた。生気がなく、覇気《はき》もなく、一様に暗く沈んだ表情に。

バットマンは、それとは対照的だった。

「扶桑光の執務室に、特攻機が飛び込んだんだ」

「特攻機？」

「そうだ。神風《かみかぜ》だよ。わかるだろう？」

「つまり、それはパイロットが乗ったまま、機体ごと体当たりしたということですか」

「そのとおり」

桜は興奮して立ち上がった
「で、どうなったんです？　首領は死んだんですか」

「いや、死にはしなかった」

バットマンは少し残念そうに、

「咄嗟《とつさ》に、執務室にある巨大な机の下にもぐり込んだらしい。その机は特注で、かなりの爆発に耐えられるようになっているのだそうだ」

「そうですか」

「しかし、相当な重傷を負ったらしい。いま、国立中央病院に入院したそうだ」

「入院ですか」

「そう。桜君、君にはわからないかもしれないが、入院というのは実は大変なことなのだよ」

「どうしてですか」

「あの宮殿の中には、扶桑光個人のための病院がある。その設備は、たぶん西側の一流病院にも勝《まさ》るとも劣らないようなもののはずだ。ところが、そこでは対応しきれなかったんだよ、入院したということはね」

「じゃあ、相当ひどくやられたということですね」

「そのとおり。そして、ここが最も肝心なんだが、首領が中央病院に移ったということは、当然中央病院の警備に重点が置かれるということなんだ」

「つまり、宮殿の警備が甘くなる」

桜の目は輝いた。

「そのとおり」

　バットマンは、大きく頷いた。

「そういうことだ。そこで提案なんだが、やるかね？」

「やるって、何をですか」

「決まってるじゃないか。良美君を離宮から奪回するのさ」

「そんなことができますか」

「そう。僕も君の様子が見てられなくてね、いろいろ作戦を考えたんだ。ちょっと、こちらへ来てくれ」

　バットマンは、桜を作戦室のほうに案内した。作戦室の大きなテーブルには、何やら複雑な図面が広げられていた。

「これは？」

「宮殿の下水道の配管図なんだ。見てくれ。あの離宮は、もともと国会議事堂だったところの一部を使っているんだ。君も知ってのとおり、あそこにはさまざまな地下設備があった」

「そういえば、国会議事堂と首相官邸を結ぶ地下トンネルがある、なんていう話を聞いたことがありますけれども、本当の話なんですか」

「あるよ。われわれは、それを確認している。革命政府が政権をとった時、あのあたりは徹底的に調べたからな。そして、トンネル自体は塞《ふさ》がれているんだが、ここを見たまえ」

と、バットマンは図面上の一点を指した。

「これは、かつての国会議事堂の下水施設なんだが、ここが離宮のすぐ下までつながっている。というより、離宮はこの設備を利用して汚水を流しているんだ。ここから侵入すれば、離宮の中央部に入れると思うよ」

「でも、どっから入るんです？」

「下水道は、この新都の地下すべてを覆《おお》っていると言ってもいい。その中で一つ、最も安全で距離の短い入口はここだ。新都大学の本部だよ。ここなら、大学だから警戒も甘い」

「じゃあ、そこに？」

「そうだ。いま、警備陣の目はすべて国立中央病院に向けられている。幸いなことに、大学はこの病院とはまったく反対側にあるんだ。このチャンスを逃すべきではないと思う。ただし、君にやる気があるならばだ」

もちろんと言いかけた桜を、バットマンは押し止めて、

「ひとつ考えるんだ。いいか？　ここは君の今までいた国の施設とは違う。そして、離宮というのはいわば扶桑光にとっては恥部なんだ。そこを突けば、おそらく万一捕まった場合、われわれはまず死刑だろう。それも単なる死刑ではない。この国は、国際人権条約にも一切加入していないし、いわば中世に逆戻りしたような状態だ。どのような残酷な方法で処刑されるかはわからないが、おそらく拷問に次ぐ拷問の挙句に、最も残虐な方法で処刑される可能性だって

あるんだよ。それでもやるかね？」

「やります」

桜は言った。

「君は人を撃《う》ったことは？」

「ありません。そんなことは一度も」

「だが、今度は撃たなければ殺されるぞ。そのことはわかっているのだろうな？」

「わかっています」

「よし、それなら……」

と、バットマンが言いかけた時に、それまで黙って話を聞いていた維新党のメンバーの一人が言った。

「バットマン、私はこの計画には反対です」

それは、雪村《ゆきむら》というバットマンの補佐をしている、いわば副司令官的立場にある男だった。

「どうして？」

「そんなことは当然じゃありませんか？　もし失敗して、あなたが捕えられたら、われわれの組織は壊滅してしまう。それだけの危険を冒《おか》す価値がある作戦だとは、どうしても思えません」

雪村が言った。

「たった一人の女性を離宮から救い出す、そんなことをして何になります？　ますますわれわれに対する弾圧が厳しくなるばかりです。もし、そういう危険を冒す必要があるとすれば、われわれはむしろ扶桑光の暗殺を考えるべきではないでしょうか」

桜は、痛いところをつかれたと思った。まさに、彼の言うことは正論だったからだ。

「じゃあ、僕に武器を貸してください」

桜は叫んだ。

「確かに、これ以上の迷惑はかけられません。僕一人でやります。それならいいでしょう?」

「待ってくれ。そんなことをする必要はない。私は、君に協力する」

「いや、待ってください、バットマン」

桜は言った。

「確かに雪村さんの言うことは正しい。あなたは、この国にとってかけがえのない存在です。良美は、僕にとってはかけがえのない存在ですが、その良美を助けるためにあなたに危険を冒してくれとは言えない。それに、万一捕まったら大変なことになる」

「それは、君も同じことだ」

「それはそうですが、これはどちらかと言えば、僕の個人の問題です。ですから、援助してくれれば、僕が個人でやります」

「君は、銃を撃ったこともないんだろう?」

「撃ち方を教えてもらえれば」

「いや、そういうことを言っているんじゃない。実際に前に人間が立った時、君が引き金を引けるかということを言っているんだ」

　そう言われると、桜はぐっとつまった。確かに、そんなことをしたこともないし、しようと思ったことすらない。体制に対する批判は常に言論で行ない、犯罪者は合法的な手段で捕え処罰する、それが、彼のもともと生きてきた世界の掟《おきて》なのだ。それを、今さら急に変えようといっても、事はなかなか難しい。

　二人の会話に割って入った雪村は冷ややかに言った。

「それにしてもバットマン、あなたが行くのは反対です。どうしてもと言うならば、評議会を招集して、その是非を問わねばなりません。でも、結果はおわかりでしょう？　明らかだと思いますが」

「私は維新党の党首だ」

　バットマンが言った。

「自分のことは、党首が最終的な決断を下すのではないかね」

「それはそのとおりですが、あなたの独断専行は許されません。特に組織の存亡に係わることについては、なおさらです。どうしてもあなたが行かれるというなら、私は体を張ってでも止めますよ」

　雪村は宣言した。バットマンは絶望的に首を振った。

「いいんです。もともとそこまでしてくれというのが無理なお願いなんですから。お願いですから、僕を行かせてください。一人でやってみます」

桜は、決然として言い放った。

それから十時間たった深夜の二時、桜は、地下下水道の中を離宮の地下に向かって歩いていた。腰にはソ連製トカレフ自動拳銃があり、世界の名銃と言われるカラシニコフAK突撃ライフルを背負っていた。そんなものを持つどころか、触れることも八時間前まではなかった。桜は、バットマンからその撃ち方と取り扱い方を、まさに一夜漬けで習ったのである。

「神風だな、まさに」

と、バットマンは教え終わると、気の毒そうに言った。

「いいです。これも僕の運命だと思っていますから。それより、お世話になってありがとうございました」

「成功を祈るよ」

地下下水道の中には、耐えがたい臭気が流れていたが、興奮状態の桜には何でもなかった。この通路の先に良美がいるのだ。首領扶桑光が大怪我をしたということは、とりあえず今日は良美は扶桑光の毒牙にかかっていないことになる。しかし、それまでに全くなかったと言い切れるかどうか。ここ二、三日のブランクが、桜にとっては最も気掛かりなことであった。

歩くこと二時間ほどで、桜は教えられたとおりの場所にたどり着いた。古い下水道と新しい下水道がつながっている部分である。そこから梯子《はしご》を上がってマンホールの蓋《ふた》を開ければ、離宮の浄化槽の中に出ることができるはずであった。

時間は午前四時、まだ夜は明けてないはずだ。桜は奇妙な気持ちがしていた。自分のやっていることが、まだ信じられない。これからひょっとしたら桜は、場合によっては人を殺すかもしれないのだ。ついこの間までの、平和で豊かな自由な生活から、恋人を取り返すために人を殺すことも辞さない世界へ。この急激な転換が、まだ夢であるような気が桜にはしていた。

マンホールの蓋は重かった。梯子を片手で摑みながら、頭と右手をつけ、渾身《こんしん》の力で押し上げると、ようやく蓋は一センチほど上に動いた。その隙間から人影のないことを確かめた桜は、今度はまた全力を振り絞って蓋を開けると外へ出た。その時、蓋が外れて下に落ち、グワンという大きな音をたてた。桜は全身冷や汗をかいて、驚いて拳銃を抜き、低く身構えた。

どれぐらい時が過ぎただろう。後から考えると、ほんのわずかな間にしかすぎなかったはずだが、桜は一生分の冷や汗をかいたような気がした。見つかれば殺されるのだ。それも単純な死ではなく、拷問による激しい苦悶《くもん》の後の死だ。幸い音は誰にも聞き取られなかったようだった。桜はマンホールの蓋を閉め直し、後で開けやすいように木の楔《くさび》を挟んでおいた。

そのマンホールのある位置から表に回ると、そこは庭園になっていた。庭園の先には、大きなガラス張りの建物が見える。バットマンは、こう説明した。

「離宮の中心には庭園があり、その庭園全体を見晴らせるガラス張りの大浴場があるそうだ。

居住区はその先になっていて、三階建ての団地のような建物が三つほど並んでいる。それは赤、青、黄の三色に分かれていて、新入りの女性は、これは全国で選抜された十五歳の女性という意味だが、青い宿舎に入ることになっているそうだ。稀《まれ》に首領の女狩りで十五歳以上の女性が入れられることがあるが、その場合は赤か黄の宿舎に入るのが普通だということだ。おそらく、良美君は赤の宿舎に入れられたのではないかと。ただ、残念ながら確証はない。

一階の入口のところに警備員室があり、そこに女性の名前をすべて書いた名札が掛かっているそうだ。だから、そこをまず調べなければならない。ただし、警備員室には二十四時間警備員がいる。まずこれを何とかするのが、君の最初の難関だな。これを使うといい」

と、バットマンは金属でできた小さな瓶のようなものを出した。

「これは何です？」

「中に、非常に効き目の強い催眠ガスが入っている。これを部屋に放り込めば、おそらく一分以内に相手は倒れるはずだ。ただし、警報ベルを押させるなよ。警報ベルを押させたら、もう君は絶対あそこから逃げることはできないぞ。なにしろ、首領の本拠なのだからな」

「わかりました」

桜は赤の宿舎に忍び寄った。犬を連れたパトロールが一時間ごとに行なわれるはずだが、バットマンの情報が正しければ、それはすでに巡回した後のはずであった。赤の宿舎に近づくと、やはり警備員室には明かりが灯《とも》っていた。桜が外の窓からこっそり中を覗《のぞ》き込むと、二人の警備員が将棋を指しているのが目に入った。常駐している警備員は、この二人のはずだ。幸いにも、窓は少し開けられていた。蒸し暑いためだろう。冷房は入っていないようだ。

桜はガス弾を取り出して、大きく深呼吸をした。このピンを抜いて、三秒後に投げ込まなければならない。タイミングを誤ると、それは死につながるのだ。桜は無言の気合いを込めてピンを抜いた。そして、一、二、三と心の中で数えると、窓の隙間からそれを中へ差し入れた。コトンという音がして、警備員が振り返った時、すでにもうガスを噴き出していた。警備員たちはあわてて叫び声を上げると、警報ベルのボタンのところに駆け寄ろうとしたが、ガスを吸ってしまっていたので大きな音をたててそこに倒れた。

桜は素早くガスマスクを身につけていた。成功だ。二人とも倒れていた。ガスは十分に効いており、ピクリとも動く様子はない。

「よし」

桜は、警備員室のドアを開けて中に侵入した。鍵はかかっていなかった。名札を必死で探した。女性の姓は書かれていない。名前だけである。その中で、桜は良美という名前を見つけた。

（ここにいたんだ）

桜は安堵《あんど》のため息を漏らした。しかし、ぐずぐずしてはいられなかった。部屋を出ると、桜は音を忍ばせて階段を駆け上がり、三〇五号室の前に立った。名札の下に掛けられていた部屋の鍵を、桜は持っていた。

（頼むぞ、良美、騒がないでくれよ）

桜は鍵を開けて、中に入った。

「誰なの？」

悲鳴がした。桜はその時、まだガスマスクをしたままであるのに気がついた。どうりで階段を駆け上がる時、呼吸が苦しかったはずだ。桜はもどかしげにマスクをはぎ取ると、良美に向かった。

「僕だよ」

良美は、信じられないような顔をして立っていた。そして、涙を浮かべると、駆け寄って、桜に抱きついてきた。

「本当にあなたが来てくれたの？」

「そうだよ。助けに来たんだ」

桜は良美をがっしりと抱きしめた。良美は大声で泣きだした。桜はそのまま良美を抱いてやっていたが、しばらくすると肩を叩いて、

「いろいろ辛い目にあったんだな。とにかく、話は後だ。急いでここから逃げ出そう。逃げ出さないと、いずれ警備員たちも目を覚ます。いいね？」

良美は、不思議なワンピースのようなものを着ていた。桜はそのまま靴を履かせると、急いでその手を引っ張って階段を下りた。エレベーターもあったが、この夜中に動かせばほかの人

間に不審に思われる。外へ出ると、桜は庭園の植え込みの陰づたいにマンホールのあるところに向かった。

「さあ、もうすぐだ。ここのマンホールの中に潜《もぐ》っちゃえば、一安心だからな」

「でも、どうしてここまで来れたの？」

「話は後だよ」

桜は、そう言って笑った。良美もようやく笑った。その自由への脱出孔は、まさにあと少しに迫っていた。

庭園の裏に回り、マンホールの前に進もうとした時、突然眩《まばゆ》いばかりの光が桜と良美の二人に浴びせられた。あまりのことに、桜は目が眩《くら》んで思わず一瞬眼を閉じなければならないほどだった。そして、その驚きは次の瞬間、絶望に変わった。光の正体は、四方八方から浴びせられた投光機によるものだった。

「そこを動くな。動けば射殺するぞ」

拡声器のマイクを摑んだ護衛官が叫んでいた。周りは、銃を持った兵隊によって囲まれていた。

（いったいどういうことだ？　警報ベルは押させなかったのに）

桜はわけがわからなかった。その疑問に答えるように、一人の男が投光機の前に立った。

「馬鹿者め。わしの目を誤魔化《ごまか》せると思ったのか？」

それは、首領様こと扶桑光だった。桜は驚いて、その顔をまじまじと見つめた。扶桑光は、凄《すご》みのある微笑を浮かべると、

「スパイどもめ。わしが明日をも知れぬ命だとばかりに、ここを狙ったのだろうが、そんなことはわしにはお見通しだったのだ。わしは、わざわざ明日をも知れぬ命だという偽の情報を流して、どんなネズミが食いつくか楽しみにしておったのだ。警戒が手薄だということになれば、当然ここを狙うだろうからな。どんなネズミが来るか、もちろんこの下水道のこともとうの昔からわかっておったのだ。ただ、いずれ反政府分子どもがここから来るだろうということで、わざわざ隙を見せておいたのだ。その罠《わな》にまんまと引っかかるとはな。

良美、それがお前の男か？」

良美は桜をかばうようにして、その前に立った。

「そうです。それがいけないとでも、言うのですか」

良美は叫んだ。

「このわしを侮辱した者には、どのような厳罰が与えられるか、その体をもって思い知るがいい」

首領様は、獲物のネズミを前にした猫のように、不気味《ぶきみ》な低く押し殺した声でそう言った。

第五章　脱《だつ》出《しゅつ》

1

（これでおしまいか）

桜は観念した。この状況では身動き一つできない。桜は警備兵によって武装解除されると、手錠を掛けられ、良美と引き離された。

良美は大声を上げて逆らったが、何の武器もなく、素手《すで》で屈強な警備兵に抵抗できるわけもない。そのまま連れ去られた。

桜は車に乗せられ、鉄道の駅に運ばれると、手錠ははずされたが、貨物列車の中に作られた牢の中に放り込まれた。それはコンテナ型の貨車の半分を監獄のスペースとし、残り半分を警備兵の部屋に改造したものであった。檻《おり》の中にいる囚人は、その隣りの部屋の椅子に座っている警備兵から監視されている。これでは身動きが取れない。

しばらくすると、ピーという汽笛のような音がして、列車は発車した。行く先がどこなのか、あと何時間列車に乗っていなければいけないのか、桜には一切知らされていなかった。警備兵は二人が残り、テーブルを挟んで向かい合わせに座り、酒盛《さかも》りを始めていた。

「やれやれ、二十四時間の旅か」

と、一人が言った。

「まあ、いいさ。これほど楽な仕事もないからな。こいつらを逃がさなきゃいいんだ」

と、もう一人が答えた。

「二十四時間？」

桜は素早く計算した。この列車は貨物列車でそんなにスピードが出るとは思えない。仮に時速六〇キロとして、二十四時間走りづめだとすると、千四百キロぐらい走ることになる。そんな遠くに、いったい何があるというのだろう。

桜は部屋の隅に座ろうとして、薄暗い中、毛布の固まりに躓《つまず》いた。その固まりはウッと声を上げた。桜はその時、初めてこの牢に先客がいるのに気がついた。

それは初老の男だった。男は毛布をはね除《の》けると、しばらく桜を見守っていたが、一言も口をきかなかった。桜が何か言おうとすると、男は黙って口の前に人差し指を立てた。そして、警備兵のほうに目配《めくば》せした。桜は頷いて、牢の壁に身を預けた。

そのまま一時間ほどが過ぎた。警備兵はウオツカを飲んで泥酔し、二人ともテーブルに突《つ》っ伏《ぷ》すような形で、寝てしまった。

桜は忍耐強く、その瞬間を待っていた。桜は立ち上がって、鉄格子のところに行き、数メートルしか離れていない相手を確認した。確かに寝ている。桜は、後ろを振り返った。初老の男が座ったまま、右手を差し出していた。

「私は入間田《いるまだ》という者だ」

「桜です」

そう言って、桜はその男と握手した。入間田はがっちりと手を握り返してきて、それからおもむろに手を離すと、

「まあ、かけたまえ。と言っても、椅子もないがな」

と言った。桜は入間田と向かい合わせに牢の床に腰を下ろした。

「君は何をやって、ここに来た？」

「恋人が」

と、桜は言った。

「首領様とやらに奪われそうになったんでね。離宮まで取り返しに行きました」

「ほうほう」

入間田はにやりとして、

「それでは、うまくいかなかったらしいな」

「ええ。うまくいけば、ここにいませんよ」

「そのとおりだ。ここに入ったのは運のつきというところだな」

「入間田さんは、何をやったんです？」

「しっ。もうちょっと低い声で喋《しゃべ》りなさい」

入間田は注意した。桜はあわてて後ろを振り返った。警備兵はまだ大いびきをかいている。

「失礼しました」

桜は言った。

「いや、できるだけ小さい声で喋ったほうがいい。なにしろ何があるかわからんのが、この国だからな。質問に答えようか。馬鹿な話だ。国家反逆罪というやつでな」

「反逆罪？　何をやったんですか？」

「なに、なんてことはない。首領扶桑光の路線を批判しただけのことだ」

と、入間田は首領に敬称を付けずに言った。

「なるほど、当たり前のことですね」

桜は頷いた。

列車の中の騒音は、相当なものだった。

（こんなうるさい列車には久しぶりに乗った）

桜は思った。

「われわれはどこに行くんでしょうか」

「なんだ、知らんのか。隠岐島《おきのしま》の刑務所だろうな」

「隠岐島？」

「そうだ。刑事犯がぶち込まれる最悪の刑務所だ。いや、刑務所と言うより処刑場と言ったほうがいいかもしれん」

「隠岐島って、あの隠岐島ですか」

「そうだよ。そうだ。あの島だ。あそこからはどこへも逃げられん。仮に刑務所を脱出して、南ソビエト海に逃げ込んだとしても」

「南ソビエト海？」

　桜は耳慣れぬ言葉に聞き返して、聞いた瞬間に、その意味が自分でもわかった。この世界には、「日本《にほん》」という言葉がない。つまり日本海が南ソビエト海と呼ばれているのだろう。

「失礼しました。それで？」

「北はソビエト、そして中国。西は朝鮮国だ。南に来ればこの国だからな。どこへも逃げられんよ。そこに閉じ込められた人間は、強制労働で一年以内に死亡すると言われている。最近は政治犯を処刑すると、国際世論《よろん》がうるさいので、その手を考えたんだ。刑務所で服役中に獄死したとなれば、赤十字もあまり文句は言えないからな」

「そういうことだったんですか」

「馬鹿な話さ」

入間田は何度も首を振って、

「君は信じないかもしれないがな、私はこれでも、昔は国会議員だったんだ」

「国会議員ですって？　どちらの党の方ですか？」

バットマンの地下基地で、この国の革命史を勉強したとき、革命以前にはこの「日本」にも、かつて桜たちがいた日本と同じような政党があったことを知った。

「社会護憲党だよ」

「そうすると入間田さんは、社会主義者なんですか？」

桜は何気なく言った。だがその言葉を問いた途端《とたん》、入間田は瞋《いか》りの表情を浮かべ、手がブルブルと震えだした。

「どうしたんです？　何かお気に障るようなことでも？」

「いや、君が悪いんじゃない」

入間田は感情を押し殺した声で言った。

「自分の馬鹿さ加減に腹をたてていたのさ」

「馬鹿さ加減、ですか？」

「そうだよ。馬鹿さ加減さ。聞いてくれるか？　もうおそらく向こうに着いたら、こんなことを話す機会もないだろう。監獄には盗聴器が付けられているし。囚人同士の私語は禁止だからな」

　そう言って、入間田は桜を見つめ直した。

「私は、社会護憲党の中でも左派と呼ばれる、最も共産主義に近い社会主義者だった。革命というものを信じていたんだ。私は、貧しい小作人の息子でね、戦後の農地改革によって、ようやく自作農になった階級の出身だ。共産党の連中は少し過激すぎると思っていたが、とにかく社会主義をこの日本に根づかせることこそ、日本の国のためになり、人民のためにもなると思ったんだ。このことだけは、信じてほしい。嘘いつわりはないんだ」

「ええ。信じますよ」

　桜は言った。

「だが、私たちはあまりにも視野が狭く、独善的で人の意見を聞かなすぎた。とにかく、私たちは自由党の連中の言い方さえ変えさせれば、この国はよくなると思ったんだ。まずそう思ったのが、奴らがサンフランシスコ講和条約を結び、アメリカをはじめとする資本主義国家群と、いわゆる単独講和を結んだ時だ。君は単独講和という言葉の意味を知っているか？」

「ええ、知ってます」

　桜は答えた。

　一九五〇年代の日本は、第二次大戦後の後始末として、どういう形で戦勝国と講和条約を結ぶかということで、国論が二つに分かれて対立していた。当時すでにアメリカを中心とする資本主義国家群と、ソ連・中国を中心とする共産主義国家群との間で、冷戦が始まっていた。当時の日本政府が選んだのは、資本主義国家群と講和条約を結び、ソ連・中国などの共産主義国家群との講和は後回しにするというものであった。これが単独講和である。

これに対して、そういう形の講和は真の世界平和の構築の障害になるとして、ソ連・中国、共産主義国家群も含めた全面講和を結ぶべきという議論があった。

マスコミ、野党、そしてそれに影響された国民世論は、全面講和を支持していた。だが、政府与党は単独講和こそ日本を救う道であるとして、これに踏み切った。当時の政府としては、資本主義国家、つまり自由主義国家群、西側の一国として日本を位置づけ、その防衛体制に組み入れられることこそ、平和と繁栄への道と考えたのである。それに対して全面講和論者は、それを共産主義国家に対する敵対と捉えた。そしてそんな敵対をすることは、世界平和にとっても日本の平和と繁栄のためにもよくないという、固い信念を持っていたのである。

社会護憲党、特に共産党寄りの左派は、当然ながらこの全面講和論を支持し、単独講和こそ亡国の道だと、激しく政府与党を攻撃していた。

「私はその時、参議院議員で党の外交研究部会にいたんだ」

「つまり、全面講和のほうを進めていたわけですね」

「そのとおりだ。私はあの太平洋戦争で、両親も妹もなくした。だから平和こそ大切だと思っていたんだ。そして、日本国憲法こそ平和を達成する唯一の道だと、頑《かたく》なに信じていた。だからこそ、全面講和を推進したし、単独講和を進める奴らを許せないと思ったんだ」

「でも結局、単独講和が成立しましたね」

「そうだ。それで私の信念は、逆にますます固まったよ」

「と言いますと？」

「つまり、この国を政府自由党に任せておいてはいけないということだ。だからこそ私はどんな手段をとってでも、護憲を達成するために、憲法の精神を達成するために、命を捧げようと思ったんだ。わかってくれるか。私は決してこの国を滅ぼそうなんて、思ってなかった。純粋な気持ちだったんだ」

「ええ。充分にわかります。でもそれが結局、徒《あだ》になったわけですね」

入間田は苦々しい顔で頷くと、

「そのとおりだね。まさにそのとおりだ。日本国憲法、特に第九条は一切の武装を禁じている。軍隊で他国を侵略するどころか、軍隊を保持することすら許されない。私は日本の非武装化、中立化を達成するために、党の指令に従って、あらゆる工作をやった。その中には世論工作もあり、国会工作もあり、いま思うと、いかに『正義』のためとはいえ、とんでもないこともいくつかやったよ」

「例えば、どういうことですか？」

「今でも一番、私が恥だと思っているのは、あれはいつ頃だったかな、五〇年代後半にソ連に旅行したときのことだ。実はまだ当時、シベリアに抑留《よくりゅう》されていた日本人捕虜がいて、その捕虜のうちの有志から手紙を預かったんだよ」

「シベリア抑留と言うと、第二次大戦終了時に、ソ連が一方的に中立条約を破って侵入した際、捕虜となった軍人のことですね」

「そうだ。軍人だけじゃなくて一般人もいたが、まあほとんどが軍人と言っていいだろう。ソビエトの奴らは中立条約を無視して、勝手に攻め込んできただけじゃなくて、ジュネーブ協定を無視して、彼らをシベリアの強制労働に就かせた。それが戦後十年たっても、まだ残っていたんだよ。その捕虜たちの代表者の手紙を、われわれは握りつぶしたんだよ」

「どうして、そんなことをしたんです?」

「そこには、捕虜の待遇がいかに酷《ひど》いか、ソ連という国家が、いかに見かけ倒しの民主勢力、平和勢力であって、その内実はヒットラーも青ざめるほどの独裁国家であるということが、事細かに書かれていたからさ」

「でも、それは事実だったんでしょう?」

「事実だ。まったくの事実だった。だがわれわれは党中央からの指示を得て、いや、正直に言おう、私もこのように判断をしたんだ。こんな手紙を持って日本のマスコミに公表したら、ソ連のイメージが下がってしまい、世界平和の建設に対して障害になるってね」

そう言いながら、入間田は突然泣きだした。桜が呆気《あっけ》にとられて見守っていると、入間田は

拳《こぶし》で涙を拭《ぬぐ》いながら、

「申し訳なかった。あの捕虜たちの手紙は、日本がこんな国家になってはいけないということで、彼らが命の危険も顧《かえり》みず、われわれに渡してくれたものだったんだ。その手紙が故国で公表されれば、当然犯人探しが始まる。そうとわかれば、ソビエトは彼らを必ず虐殺しただろう。何も銃殺や絞首刑にする必要はない。シベリアの戸外にちょっと放り出しておけばすむんだ。命の危険を冒《おか》して、それでもこの国やわれわれの民族のことを考えて、託してくれた手紙を私は馬鹿な信念のために、握りつぶしてしまったんだ。百万べん後悔しても、許されることじゃないかもしれない。だが、私はもっと愚《おろ》かしいミスをやったんだ。いや、この日本に対する犯罪をな」

「どういうことです？」

「簡単さ。ソビエト軍をこの国に呼び寄せるために、いろいろな手続きをしたのさ。扶桑光という男に協力してな」

　桜は息を呑んで、入間田を見つめた。

「もっと早く気がつくべきだったんだ。あいつらが日本国憲法擁護を言いだしたのは、何も平和のためじゃない。日本に武装させないことが、彼らにとって有利だったからだ。ただそれだけだったんだ。それだけの理由で彼らは自分たちが平和勢力と偽って、この国に軍隊を持たせないよう努めたんだ。そのしり馬に乗って、私たちはさんざん日本政府を攻撃し、自衛隊廃止運動をやった。考えてみれば、ソ運軍が侵入してくるための露払いをやったようなものじゃないか」

「あなたは、その工作に密接に係わっていたんですか?」

「まあ密接と言えば、密接だな。ただ自己弁護するわけじゃないが、そういうことにもっと熱心だった奴は、護憲党の中にはたくさんいるんだ。後から、そいつらはほとんどソ連から金をもらっていたり、弱みを握られていたりしたことが、判明したがな。つまりKGBの工作っていうやつだよ」

「そうすると、それにあなたは反発したんですか?」

「したさ。私はこれでも日本人のつもりだ。護憲ということをあくまで考えたのも、それが本当に日本のためになると思ってのことだった。だが、私は馬鹿だったよ。だいたいそもそも、自衛力のない国なんて、侵略の対象になるだけのことだからな。日本だけが独りよがりに軍備を撤廃しても、何にもならない。そんな単純なことに、われわれは気がつかなかったんだ。まったく時計を戻せるなら、一九五〇年代に戻って、あいつらを皆殺しにしてやりたいよ」

「入間田さん、僕はぜひ一つ、聞きたいことがあるんです」

「何だね?」

入間田は桜のほうをぼんやりと見た。

「扶桑光という男は、いったいどこのどいつなんです? どこから出てきた奴なんですか?

あなたならご存じじゃないですか？」

「私にも、よくわからん。だが一つだけ言えることは、あいつはいつの間にか重要な地位を持つ活動家として、われわれの前に現われたことだ」

「いつの間にか？　でもそんなことが、ありえますか？　運動家というのは、だいたい過去に闘争歴があり、そしてだんだん地位を高めていくものでしょう」

「そのとおりなんだが、彼だけは違っていたよ。もともと彼は、共産主義党の活動家だったからな。いつの間にか、山本委員長の懐刀《ふところがたな》として出てきたんだ。しかし、これは噂《うわさ》だが、KGBのエージェントだという説がある」

「ソビエトのスパイですか？」

「ああ。それともう一つは、北朝鮮から来た工作員だという説もある」

「じゃあ、日本人じゃないんですか？」

「その可能性もあるということだ。もっとも詳しい経歴はもうわからんだろう。彼に関する資料は、闇に葬《ほうむ》られただろうからな」

「入間田さん」

桜は一層声を潜《ひそ》め、テーブルの上に突っ伏して寝ている警備兵を見て、言った。

「脱走する気はありませんか？」

「脱走？」

「そうです。どうせこのまま隠岐島の刑務所に連れていかれれば、われわれは強制労働で衰弱死させられるんでしょう」

「そうだ」

「それぐらいなら、一《いち》か八《ばち》か脱出しましょうよ」

桜の言葉に入開田は、苦い笑いを浮かべ、

「君は若くて生気に溢《あふ》れているな。だが逃げたところで、どこに行くと言うんだ。このあたりで脱出しても、すぐに捕まるぞ。匿《かくま》ってくれるところでもなければ」

「匿ってくれるところはありますよ」

桜は言った。

「それは？」

「維新党の本部ですよ。僕は維新党のリーダーとも知り合いなんです」

「ほう。それは頼もしい。君は維新党のメンバーだったのか」

「いや、メンバーというほどではありませんが、その保護下にいる者です」

桜はちょっと説明に戸惑ったが、そう言った。

「そこなら、匿ってくれると言うのかね？」

「ええ。そこまでたどり着くことができればですが」

「で、それはどこにあるんだね？」

「新都です」

「新都？」

「そうです」

「しかし、一口に新都と言っても相当広いところだが、どのあたりかね？」

「いえ。それが、僕はこの世界の住所をよく知らないんです」

「この世界？」

入間田が聞きとがめたので、桜はあわてて訂正した。

「いや。この世界というのは、つまり新都のことです」

実際、よく知らないのだ。確かにあれは東京のはずだった。しかし一九六〇年頃の古い状態のまま、一切進歩していない東京である。東北の生まれで、大学に入ってから上京した桜にとって、今の新都は別世界である。しかもそのうえ、住所も地番も一切が変わっているのだ。もう一度、あそこに行けと言うならば、たどり着くことは不可能ではないが、どのあたりかと口で説明することはできない。かつての国会議事堂や旧東大のあったあたりを起点に考えれば、九五年の東京で言う、駿河台《するがだい》あたりが維新党の本部らしい。しかしそんなことを言っても、わかってもらえないだろうと、桜は敢えてその駿河台という地名は口にしなかった。

「もし、本当に匿ってくれるところがあるなら、脱出は不可能なことじゃないな」

入間田が突然言ったので、桜はびっくりしてその顔を見た。

「どういうことなんです？」

「ちょっとした道具がある。その道具を使えば、あの錠前を外すことぐらいは可能だ」

と、入間田は牢に付いている錠の大きな鍵穴を見つめた。

「そのあとは」

ごくりと生唾《なまつば》を飲み込んで、桜は聞いた。

「まずあの警備兵たちを倒してその衣服を奪う。そして、この走行中の列車から飛び降りる。そして、近くの折り返しの列車に乗り新都駅まで戻り、そこから歩いて維新党の本部に向かう」

「脱出したのはバレませんか？」

「大丈夫だ。奴らさえ、きちんとおねんねさせておけば、この列車は終着駅に着くまで止まらないからな。臨検《りんけん》もそれまではない。貨物だから、一台一台が独立していて、前の車両からも後ろの車両からも来ることができないのだ。桜君、といったな。本当にやるか？」

「やります」

「後戻りはきかないぞ」

「わかっています」

「よし。じゃあ、やろう」

入間田は靴を脱ぐと、その靴底を摑んで引き剝《は》がした。その中に入っているのは、先が鍵の形をした金属の棒だった。

「それは合鍵ですか?」

「そうだよ」

「どうしてそんなものを?」

「君は知らないのか。こういうところの牢の鍵は全部同じものを使っているんだよ。資本主義国のように、いくつもの型を作る工業力は、我が国にはないからな」

　入間田は別人のような鋭い表情になって、立ち上がった。桜も立ち上がり、出口の前に立った。ほんの三メートルほどしか離れていないところにテーブルがあり、二人の警備兵が眠っている。

「じゃあ、やるぞ」

「はい」

　桜は覚悟を決めた。入間田は合鍵を穴に差し込むと、右に回した。カチリと音がして錠が外れた。

2

　良美は再び離宮に連れ戻され、女係官の面前で衣服をすべて剝がれ、全裸にされ、身体検査をされた後、後ろ手に手錠をかけられ、首領様の部屋に連行された。そこは執務室ではなく、離宮の奥にある寝室だった。

首領様こと扶桑光は、大きなソファに深々と腰を掛け、ブランデーを飲んでいた。

「お前らは下がってよい」

その言葉に警備兵は頭を下げて、直ちに部屋から退出した。

素肌にバスローブをまとっただけの首領様は、グラスを置くと、立ち上がり、裸で立たされている良美の周りをぐるりと一周した。

「どうだ。これで何の抵抗もできまい」

「私をどうするつもりなんですか？」

「ほう。この期《ご》に及んでも威勢がいいな。どうするか、それは私の胸三寸《むねさんずん》にあることだ」

「殺すつもり？」

「ただ殺すのは勿体《もったい》ないような気がするな」

首領様はそう言って、手を伸ばし、良美の裸身の肩から胸にかけて、スーッと撫《な》でた。良美は鳥肌が立つのを覚えた。

「ほう。そんなにわしのことが気に入らんか。変わった女だな」

「そう？　全然変わっているつもりはないけれど」

良美は胸を張って言った。

「この国では、あらゆる女はわしに抱かれることを欲しておるのだ。子どもも大人もな。そのことを知らんとは」

「そのこと？」

「だからお前は、変わった奴と言うんだ」

「みんな頭がおかしいんだわ」

　良美は叫んだ。

「みんなあなたに変えられたのよ」

「そうかもしれん。だが一つだけはっきりしていることは、お前はもうわしから逃げられんということだ。どうだ。土下座して命乞《いのちご》いをするのなら助けてやってもいいぞ」

「じゃあ、まずこの手錠を外してよ」

　良美が言った。

「手錠を？」

「手錠を外してくれなきゃ、こんな恰好で土下座できるわけないでしょう」

　首領様は苦笑した。

「それとも怖いの？　裸の女一人、両手を自由にしただけで、あなたは自分の命が狙われるとでも思っているの？　そんな臆病者なの？」

「よし。そこまで言うのなら、外してやろう」

　首領様はバスローブのポケットに入っていた鍵を取り出し、手錠を外した。

良美は手首を、それぞれの手で揉《も》んで痺《しび》れを取った。

「さあ、どうする？」

「ちょっと外の空気を吸わせて」

良美は、低い押し殺すような声で言った。

「外の空気？　お前、まさか逃げようとしているのではあるまいな？」

「こんな恰好で、どうやって逃げるのよ。そんなことができると思って」

「念のために言っておくが、ここは五階だ。ベランダに出たからといって、逃げることなど不可能だぞ」

「だったら、いいでしょう」

「やれやれ。お前の母も気の強い女だったが――」

首領様は、カーテンを開け、ベランダに通じるガラス戸を開けた。確かにここは五階らしい。

ベランダの先には、ちょうど腹ぐらいの高さのフェンスがあり、その下には真っ暗な闇が拡がっている。

良美は決心していた。

（こんな男のものになるぐらいなら）

失敗するかもしれない。それをやって成功するという保証はどこにもないのだ。だが、成功しなくたって、この男のものにならないという最低限の望みは果たすことができる。

「どうした？　開けたぞ」

首領様が言った。

良美は助走を付けて、思いっきり外へ飛び出した。その意図に気がついた首領様が手を伸ばして捕まえようとしたが、その先をスルリと抜けた良美は、フェンスを両手で掴み、助走した勢いで乗り越えた。その先は何もない。暗闇の中に良美は身を躍《おど》らせた。

「馬鹿め、何をする」

首領様が叫んだが、後の祭りだった。その下はコンクリートの床で、途中に引っかかるものは何もない。首領様は珍しくあわてて、フェンスから身を乗り出し、良美がいま落ちた空間を見つめた。

3

鉄格子の扉を開けて外へ出ても、警備兵は何も気づかず、眠り込んでいた。入間田と桜は、それぞれに飛びかかり、ホルスターから拳銃を抜くと、二人に突きつけた。酔っぱらっていた二人は目を覚まして、驚いて立ち上がろうとした。

「動くな」

入間田が言った。

「その場に正座しろ」

二丁の拳銃を見て、おとなしくその言葉に従った。

「着ているものを脱ぐんだ」

それから後は簡単だった。二人の服を脱がせた入間田は、下着姿になった二人の警備兵を持っていた手錠で、お互いの腕が閉じた輪になるような形で括《くく》り付け、布で猿ぐつわを噛ませると監獄に放り込み、錠を下ろした。脱ぎ捨てられた警備兵の制服に、桜が手を伸ばすと、入間田はそれを制して言った。

「着替えないんですか?」

桜は怪訝《けげん》な顔をして、入間田を見た。

「いや、列車から飛び降りる時に、着たままでは汚れてしまう。とりあえずこれは袋詰めにして、持ったまま飛び降りるんだ」

「わかりました」

桜は、入間田の配慮に感心して言った。

それから貨物の扉が細めに開けられ、入間田は外の景色を観察した。まだ夜明け前である。列車は闇の中を疾走している。

「見たまえ」

と、入間田は桜に言った。

「あそこから坂になっている。坂になればスピードを緩《ゆる》めるはずだから、そこで飛び降りるんだ。足や手を折らないように、注意してな」

「この扉は閉められませんね」

桜は言った。二人とも飛び降りてしまえば、貨物車の扉を閉める人間はいなくなる。

「やむをえんさ。細めに、われわれが飛び降りるだけのギリギリに開けることにしよう。それが、終点まで見とがめられないことを祈るばかりだ。ただこの列車は途中は止まらないからな。うまくいけば、見とがめられないままで済むかもしれん。となると、発覚は一日後になる」

「そう願いたいですね」

「じゃあ、どっちが先に行く。君か私か」

「僕が行きましょう」

と言ったのは、今までそんなことをした経験がなく、一人残されるのがいやだったからである。列車はかなりのスピードで動いているし、線路の横には大きな砕かれた石が何個も敷きつめられている。うまくその先は草むらになっているが、何が落ちているかわからない。隠れている石にでも当たったら、大怪我をしかねない。だがやるしかないのだ。

「行きます」

桜は気合いを込めて、飛び降りた。さすがに怖くて目を瞑《つむ》った。体が大地に当たった。幸いにして、草のような柔らかい衝撃で、石ではなかった。腕に抱えて丸め込んだ警備兵の制服を離すまいと必死に歯を食いしばった。体が三回転ほどしたところでようやく止まった。怪我はなかった。立ち上がるともう列車はかなり遠ざかっていた。

「入間田さん」

「ああ、ここだ」

入間田も無事だった。

「よし。じゃあ、まず着替えようか」

二人は街灯の下で警備兵の制服に着替えた。身分証明書も確認した。その身分証明書に書かれている名前を、桜と入間田はしっかりと記憶した。

「これから、どうします？」

「線路伝いに駅に行こう。そして夜明けとともに、新都行きの列車に乗り込むんだ」

「大丈夫ですか、この恰好で」

「この恰好だから大丈夫なんだよ。警備兵が新都に戻ることは、別に不思議なことではない。軍を脱走する場合は、新都から脱出する形になるからね」

「なるほど」

「さあ、行くぞ。次の駅まで何キロあるか、わからんが」

五キロほど歩いた。そこは、根府川《ねぶがわ》という駅であった。入間田は改札口に行くと、お金も払わず相手を怒鳴りつけ、切符を出させた。駅員は怯《おび》えたように、切符を二枚差し出した。

「どうやったんです？」

「なに、簡単だ。軍の公務だと言ったのさ。首都圏警備兵は特殊任務に就くことがあるから、こういうことは珍しくないんだ。後は新都に戻るだけ」

「ほかの奴らと、行き当たらなければいいですけれどもね」

「大丈夫だ。たいてい軍の兵隊はトラックで移動するから、一般列車にはめったに乗ってこない」

入間田の言うとおりだった。二人の乗った列車は、無事新都駅に着いた。

「例の本部は、首領の銅像のある公園の近くだと言ったな」

「そうです」

「じゃあ、バスで行こう」

二人は新都駅からバスに乗った。バスは、前と後ろを奇妙な蛇腹《じゃばら》でつないだもので、前のほうが入口だった。

「いいかい。私を見習って同じことを言うんだ」

入間田は軍人のようにしゃちほこばった歩き方をして、バスのステップに足をかけると、車掌に向かって、

「公務」

と言った。桜もそれに倣《なら》って、

「公務」

と言って、ステップを上がった。バスは新都駅前をスタートした。

「革命記念公園前で降りるからな」

「わかりました。公務と言えば大丈夫なんですか?」

と、桜は小声で入間田に尋ねた。

「そうだよ。特に首都警備隊の人間は、選ばれた軍人の中の軍人だからな」

バスは十分ほどで革命記念公園前に着いた。二人はバスを降りると、徒歩であの子どもが轢《ひ》かれた道路を横断した。

そこからなら維新党本部への道筋をたどることはできた。

商店街まで行き、地下基地の上に建っている店の前まで来ると、桜は念のためあたりを見回した。まだ早朝で人通りはほとんどない。

桜は本物の軍人と出くわすことを恐れていたが、幸いそういう目にはあわずに済んだ。

「ここかね」

入間田は言った。

「ええ、この裏です」

桜は先に立って裏口に回った。そして帽子を取って、裏口の木の扉を三度ノックした。小窓が開いた。

「桜です。脱出してきました」

「——ほかに誰かいるのか？」

相手は用心深く言った。

「この人は入間田さんといって、同志です。同じ牢獄から脱出してきたんです」

それで扉は開いた。

桜と入間田は地下の一室に案内され、そこで飲み物を与えられた。

ようやく人心地がついた、と桜は思った。

入間田は珍しそうに、あたりを見回している。

「もう大丈夫ですよ」

桜は言った。

「たいしたもんだな、君たちのリーダーはどんな人？」

「ええ、それは——」

答えようとした時だった。ドアが開いて、バットマンが入ってきた。

（——？）

桜は声をかけようとして思わず絶句した。バットマンの表情がこれまで見たことがないほど、硬く硬張《こわば》っていたからだ。

「どうしたんです、バット——」

声をかける間もなかった。バットマンはいきなり拳銃を抜いて、入間田に近付きこめかみに銃を突きつけた。

「お前は政府のスパイだな。白状しろ」

バットマンの言葉に桜は仰天した。だが、次の瞬間、桜はさらに驚愕した。

入間田がにやりと笑ったのだ。

「――さすがだな、バットマン。だが、もう遅い。そろそろこの秘密基地を軍が包囲する頃だ」

桜の頭から血が引いた。

4

「入間田さん、あんたっていう人は」

顔から血が引いた後、桜の中にこみ上げてきたのは、入間田に対する激しい怒りと自分の間抜けさ加減に対する絶望であった。これは罠だったのだ。扶桑光の仕掛けた罠にまんまとはまり、桜は維新党の本部を彼らに教えてしまったのである。

その時、警報が鳴った。非常警報だ。それと同時に、入口のほうで激しい爆発音がした。若い党員が一人、血相を変えて飛び込んできた。

「大変です。政府軍が」

バットマンは入間田のこめかみに拳銃を突きつけたまま、冷静な口調で、

「基地を放棄する。全員、脱出するんだ」

「わかりました」

全員が部屋を出ていくと、バットマンは入間田の襟首《えりくび》を掴んで部屋から引きずり出した。

「さあ、楯《たて》になってもらうぞ。桜君、君もついてくるんだ」

「あの、バットマン。すみません、僕のへまのせいで――」

「そんなことは後だ。とりあえず、今は脱出することが先だよ。地下三階に下水道へつながるルートがある」

銃声がした。それも軽機関銃のような連続発射音だ。桜はバットマンとともに、入間田を引きずるようにして階段を下りた。大勢の人間があわてて地下に向かっていた。

しかし、政府軍の追撃は早かった。マンホールの蓋を開けて、梯子をひとりひとり下りているところに桜たちはようやくたどり着いた。しかし、前がつかえていた。梯子を下りるのには、どんなにてきぱきやっても時間がかかる。

「急がないと」

桜は焦《あせ》った。だが、もう間に合わなかった。部屋の扉の錠が銃弾で撃ち抜かれ、政府軍の兵士が部屋の中に殺到してきた。

「動くな」

兵士を指揮している将校が言った。

「それはこっちの台詞《せりふ》だ」

バットマンが、入間田に銃を突きつけたまま言った。

「下がれ。下がらないと、この男を殺すぞ」

バットマンは本気だった。将校が一瞬怯《ひる》んだ。

「構わぬ。ぶち殺すがよい」

突然、聞き覚えのある野太い声がした。屈強な護衛を引き連れて部屋に入ってきたのは、なんと扶桑光、その人であった。

「お前がバットマンだな」

首領様は言った。

「これはこれは、維新党本部へようこそ」

バットマンが硬い表情で言った。

「手こずらせたな。だが、お前ももうこれでおしまいだ。維新党も、今日限りでこの世から消える」

首領様は傲然《ごうぜん》と言い放った。

「それもこれも、みなそこの間抜けな若い党員のお陰だよ」

それを聞いて、桜は怒りと屈辱で顔が真っ赤になった。しかし、人質として梱にとられている入間田は、それどころではなかった。

「首領様、早くお助けください」

彼は首領様に向かって叫んだ。

「よしよし。お前はよくやった。たいした手柄だ。約束どおり、お前の娘は解放してやるから、安心して死ぬがいい」

「そんな！　首領様、約束が違う」

「約束は果たす。ただ、お前が捕まったのは、お前の失策ではないか。わしは、維新党の党首を逃がすつもりなどは毛頭ない」

「娘？　娘ってどういうことだ？」

桜は叫んだ。

入間田は必死の形相で、

「わ、私だって、君をだましたくはなかった。だが、娘が反政府活動の容疑で捕まっているんだ。このままでは、刑務所で殺されてしまう」

「刑務所で？」

「そうだ。まだ、裁判を受けられるような人間は運がいい。だいたいの人間は、いきなり刑務所に送られて、強制労働の挙句、衰弱死させられてしまうんだ。私は、娘をそんな目にあわせたくなかっただけだ」

「じゃあ、入間田さん、あの列車の中で僕に話してくれたことは、全部嘘だったのか？」

「いや、全部本当さ。確かに私は、ああいう経歴の人間なんだ。だが、娘を人質にとられた以上、どうしようもない」

「もう、やめろ！」

癇癪を起こしたように、首領様が叫んだ。そして、側近から拳銃を受け取ると、入間田に向かって引き金を引いた。銃声が轟いた。入間田は心臓を撃ち抜かれ、その場に倒れた。

「何をする！」

桜は血相を変えて、入間田を抱き起こそうとした。しかし、入間田はすでに死んでいた。

「仲間だろう？　仲間をなぜ撃つんだ」

「この男は仲間などではない。単なるわしの道具だ。道具は役に立たなくなったら捨てる。それだけのことだ。さあ、銃を捨てろ」

バットマンはゆっくり首を振った。

「もう、逃げられんぞ」

首領様がせせら笑うように言った。

「そうかもしれん」

バットマンはそう言ったが、心の中では最後の決断を固めていた。

（逃げるのは無理だが、その前に――）

　バットマンは銃を首領様に向けると、駆け寄って撃ち殺そうとした。だが、首領様はそれを予期していた。その前に護衛が立ちふさがり、兵士たちはバットマンに狙いを定め、一斉《いっせい》に銃を発射した。耳をつんざくばかりの轟音が轟いた。次の瞬間、バットマンは全身を銃弾で撃ち抜かれて、その場に倒れた。

「バットマン！」

　桜は悲鳴を上げて、バットマンを起こした。彼には、まだかすかに意識があった。

「君のいた世界とやらに、一度行ってみたかったよ」

　かすれた声が、最期《さいご》の言葉になった。

　桜は激怒していた。怒りの炎に全身が包まれていた。いまだかつて、これほど怒ったことがあるだろうか。いまだかつて、これほど人に対して憎しみを抱いたことがあるだろうか。

（殺してやる）

　桜は決意した。もう、二度と捕まることなどご免だ。桜は床に落ちていたバットマンの拳銃を素早く拾い上げると、首領様に向かって突進した。

「馬鹿者め、死ね！」

　首領様がせせら笑って言った。

　桜の体に警備隊の銃弾が殺到した。

第六章　時空《じくう》を超えて

1

　また、あの中にいた。何か激流のような赤いものの中だ。固体ではないし、液体でもない。どちらかというと、ガスのような希薄なものであった。ただ、その中を無重力状態のように桜は彷徨《さまよ》っていた。

「良美」

　桜は突然、そこで良美の存在を感じた。姿を見たわけではない。声を聞いたわけでもないのに、良美という存在が近くにあるということを明らかに感じた。ただ、どうして感じたのかはわからない。

（あれは誰だ？）

　ふと、激流の彼方《かなた》に見慣れた光景が映った。十四、五歳の少年である。一生懸命勉強している。

そんな姿が目に入り、その次の瞬間、その子が頭の中で考えていることがわかった。それどころか、その子の目を通して、周りのものを見ているような錯覚にとらわれた。

（この子は僕だ）

桜は突然、気がついた。十五歳の頃の自分なのである。ただ、本当に十五歳だった時の自分とは、感覚も知識も少し違っていた。一瞬のことだが、それが理解できた。

とても長い時間のように感じられた。桜はふと、隣りに良美が来たのを感じた。今度は姿も見えた。良美は不思議なことに、一糸も身にまとっていなかった。全裸である。

「どうしたんだ？」

桜は手を伸ばした。良美もこちらに気がついて、手を伸ばした。お互いの手が触れた時に、突然、あたりは赤一色から現実の色に変わって、二人は地面に投げ出された。

「痛い！」

桜は思わず呻《うめ》いた。背中を強く打ったようだった。芝生の上である。外の、まるで大学のキャンパスのような広い場所だ。向こうに建物が見えるが、明かりは灯っていない。どうやら、夜のようだ。

桜は、隣りの全裸の女に気がついた。

「良美」

呼びかけると、顔がこちらを向いた。確かに良美だった。

「浩行」

桜と良美は固く抱き合った。

「無事だったか」

桜は言った。

「ええ、あなたも。よかった、また会えて」

「君も撃たれたのか？」

「いいえ、私は自分から離宮の五階から飛び下りたの。そうでもしないと、あの男の毒牙にかかるところだったのよ」

「そうか。それはよかった」

ひとしきり興奮が収まると、桜は衣服のゴミを払って立ち上がり、

「とりあえず、君は何か着なくちゃいけないな」

と、良美の体を見た。良美は急に恥ずかしがって、その場にしゃがみこんだ。

「待ってろ。俺のズボン貸してやるよ」

桜は、着たままだった兵士のズボンとワイシャツを良美に与え、自分はランニングとパンツ一丁になった。幸い、トランクスなので、ちょうど陸上選手がユニフォームを着ているようなかっこうになった。

「寒くない？」

「いや、大丈夫だよ。だけど、服を手に入れなきゃいけないな」

二人は、一番近くに見える建物に近づくことにした。しかし、油断はできない。うまく時空をジャンプできたかどうかはわからないのだ。とにかく、場所だけは移っているが、時間を遡れたかどうかは保証の限りではない。あの時代と同じ時代ならば、扶桑光は今頃、血眼《ちまなこ》になって二人の行方を探しているはずである。なにしろ、死体は残らなかったはずだから。

「ここ、どこかしら？　大学のキャンパスか何か？」

「そのようにも見えるけどな」

二人が近づいていくと、それは確かに学生寮のような建物だった。三階建てだが、一階には広い玄関と集会場のようなものがある。そこに明かりが点《つ》いていたので、二人はそっと忍び寄った。玄関のドアは、二十四時間営業の旅館のように開け放たれている。集会場は、その奥のドアの向こうにあった。二人は玄関のところで靴を脱ぐと、それを手に持って、その扉にはめられているガラス窓から中の様子を窺《うかが》った。
四、五十人ほどの学生風の若い男女が床に座って、中央の壇上にいる男性のアジ演説を聞いていた。
「われわれは、断固として安保を粉砕しなければならない。この安保粉砕こそ、日本を平和に導く真の道であり、アメリカ帝国主義を打破する道でもあるんだ。みんなも腹をくくってくれ。これからは、大変に厳しい戦いの日々が続くと思う。だが、それは正義の戦いなんだ。とにかく、耐えてくれ。戦ってくれ。君たちの頑張りに、われわれの未来はかかっているんだ」

一斉に拍手と歓声が起こった。

「ねえ、あの男、誰かしら？」

良美が小声で言った。

「待ってくれ。ひょっとするとここは」

と、桜は良美の手を引っ張って建物の外に出た。暗がりで息をひそめると、

「ひょっとしたら、僕たちは日本、いや、扶桑国革命史の重要な場面に行き当たったのかもしれないぞ」

「どういうこと？」

「バットマンのところで革命史を勉強したんだ」

「それで？」

「うん。革命というのは、ターニング・ポイントとなる事件が必ずあるもんなんだ。例えばフランス革命でもあったし、逆にヒットラーが権力を握った時もあった。一九六〇年の革命で、そのきっかけとなったのが、この東京師範《しはん》大学の学生蜂起《ほうき》だ。これが扶桑光の直接指導によって、日本に駐留しているアメリカ軍人の家族に対するテロを呼び、ここから革命への路線が開かれていったのさ」

「じゃあ、ここに扶桑光は関与しているわけね。しかも、直接」

「そう」

「じゃあ、ここを張っていれば、扶桑光は現われるってこと？」

「マークすればな」

「でも、どうすんのよ？　私たち、あんな仲間に入れてもらえるはずがないし、だいいち、この服装じゃ」

と、良美は着ているものを見た。確かに、これではどうしようもない。

桜はあたりを見回していたが、

「あれをいただこう」

と、学生寮の屋上にある物干し場を示した。夜目《よめ》にも、いくつかの衣類が風になびいているのが見える。

「あそこまで行くの？」

「君はここにいるんだ。いま、たぶん学生たちは全部、集会場に集まっているだろうから、上へ行ってとってくる」

「盗むの？」

「ちょっと借りるだけさ」

桜はそう言って、再び中に入ると、足音を忍ばせて階段を上がり、三階まで上がった。幸いにして、それぞれの部屋には人の気配はない。屋上に通じる重いドアをそっと開けると、桜は干されている衣類の中からサイズの合いそうなシャツ、ズボン、ジーパン、靴下、下着といったものを次々に抱え込んだ。まだ、少し湿っていたが、この際、贅沢《ぜいたく》は言っていられない。

再び足音を忍ばせて一階まで下りて玄関へ抜けると、桜は良美に衣類を渡した。

「男物もあるけど、仕方がないよな」

「これだけでも、大助かりだわ」

良美は言った。

「どこで着替える?」

桜は、あたりを見回した。ちょうど、学生寮の地下に通じる階段があった。ボイラー室らしい。

「あそこへ行こう」

階段を下りると、幸いにもドアは開いていた。中に入ると、そこは機械が動いていて、明かり取りの窓からの光でかろうじてお互いの姿が見分けられた。

「じゃあ、ここで着替えるぞ」

二人は急いで、あの兵士の服を脱ぎ捨て、新しい服を着た。下着も身につけたことで、ようやく良美は人心地がついた気がした。

「さあて、これからどうしましょう」

「しばらく、ここにひそんでいようか」

「大丈夫?　そんなことして」

「わからないが、下手に動き回るよりはいいような気がする」

「もし見つかったら、何と言うつもり？」

「そうだな、君と愛を語っていたら、いつの間にか紛れこんじゃったということにするかな。とにかく、これは何とかしないと」

と、桜は兵士の服を丸めて一つに包み込むと、ボイラーの裏側に捨てた。

「どうやら、われわれは望みどおり、一九六〇年にたどり着いたようだな」

「あの演説？」

「そう、あれは一九六〇年の春の出来事だから、われわれの一念が通じたっていうわけだよな」

桜は比喩《ひゆ》のつもりで言ったのだが、良美は頷いて、

「それは、あんがい当たっているかもよ」

「どういうこと？」

「つまり、私たちが強く一九六〇年に行きたいと思ったから、来たのかもしれない」

「そんな、念力みたいなことがあるのかな」

「あるんじゃない。だって、私たちが時を超えたことさえ、不思議なことなのよ」

「そうそう。そういえばさっき、変な状態を感じなかったか？」

桜は言った。

「あなたも？」

良美は驚いたように言った。

「君もか？　どういう感じだった？　何かもう一人の自分と精神感応しているような」

「そう。確かにそういう感じだったわ。それも若いのよ。子どもの頃の自分なの」

「そう。たぶん、十五歳ぐらいだろうと思うけども。だけど、何かいやな感じだったな」

「どうして？」

「何か、確かに革命の勉強をしていたような気がするんだ。それも、非常に肯定的にね。まるで、ひと昔前の軍国少年のように首領様の道を学んで、僕は優等生だった。何か、自分はもっと自由な人間だと思っていただけに、いやな感じがしたよな」

「私も、どっか学校にいたわ。私の場合は、もっといやな気分」

「どうして？」

「だって、首領様に愛されることを夢みる少女だったんだもの」

「そんなことがわかるのか？」

「わかったわよ。短い間だけど、確かにそう感じたの。私はほかの多くの学友と同じように、扶桑光を神と尊敬していたわ。小さい頃からそういう国で育つと、そうなってしまうのね」

「幸いにして、まだこの年代じゃ、扶桑国はできていない」

桜は言った。

「扶桑光が、まだ活躍していないのね」

「そうだ。その直前に、われわれは来ている」

桜は良美の目を覗き込むようにして、重大な事実を言った。

「まだ言ってなかったけどね、バットマンが殺されたんだ」

「殺された？　誰に？」

良美は、目を見開いて言った。

「扶桑光だよ。あいつが直接命じて、バットマンを部下の兵士に撃ち殺させたんだ。バットマンは僕を逃がすために、楯になってくれたのかもしれない」

「その後、あなたも撃たれたのね」

「そうだ。僕が普通の体だったら、全身に銃弾を浴びて、その場で死んでいただろう。ただ幸いにも、身についた超能力のお陰で、今はこうしてここに生きているわけだ」

良美は涙を流した。

「あんないい人が死んでしまったのね。何て奴らでしょう」

「そればかりじゃない。維新党の本部も壊滅してしまった。それも、すべて僕のせいだ」

「――!!」

良美は息を呑んだ。

「扶桑光の罠にまんまとはめられたのさ。あいつは僕を護送列車に入れた。その護送列車で同室の入間田という男が、敵のスパイだったんだ。僕はまんまと入間田の誘いに乗って、列車を脱出したのはいいが、あいつを維新党の本部まで案内してしまったんだ。軍や扶桑光が血眼になって探している維新党の本部にね。そのお陰で、彼がこれまで築き上げたものが、全部壊されてしまった」

「全員殺されたの？」

良美は涙を拭きながら、感情を押し殺した声で言った。

「いや、幾人かは脱出した。しかし、もう表立った活動はできないだろうな。脱出した連中も下水道のどこかで捕まったり、殺されたりしたに違いない。——すべて、僕のせいだ」

桜は床に座り込んだ。

「いいえ、あなたのせいじゃないわよ。悪いのは扶桑光。あの極悪人のせいよ」

と、良美は手を差し伸べた。

「今のうちに言っておくよ。僕は一つ決心したことがあるんだ。絶対にやるということをね」

良美は頷いた。もう、その決心の内容は、言われずとも察しがつく。

「扶桑光を殺すっていうことでしょう」

「そうだ」

桜は、半《なか》ば驚きをもって言った。

「私も協力するわよ」

「君が？」

良美は決意をもって頷いた。

「人殺しなんかできるのか？」

「できるわよ、あの男ならばね」

良美は言った。

「あなたはできるの？」

「ああ、僕も大丈夫だ。まさか、自分の人生で人殺しをやることになろうとは、夢にも思わなかったがな。だが、もう我慢できない。あいつは、どんなことがあっても叩き殺すよ」

「そう。でも、殺したところで、誰も褒めてくれないわよ。あなたは、たぶんこの時代の刑法に従って、殺人者として処断される」

「それは君も同じじゃないか。誰も褒めてくれないぞ」

「いいわよ、そんなことは。あなたがわかっててくれるから。このまま扶桑光を生かしておけば、何千万人の人が運命を狂わされ、殺され、屈辱的な目にあわされるのよ。それだけは、絶対に阻止したいわ」

「わかった。一緒にやろう」

桜は手を差し伸べた。良美は、その手を強く握り返した。

しばらく沈黙があった。

「明日の朝まで、少し寝ようか」

桜は言った。

気がつくと、もう瞼《まぶた》が合わさるほどの激しい疲労が体に感じられた。

「そうしましょう。疲れたわ」

二人は、それぞれ壁に体をもたれかけさせて、目を閉じた。だが、なかなか寝つかれない。

「良美」

しばらくして、桜が言った。

「何？」

「寝てないなら、一つ聞いておきたいことがあったんだ」

「それは、私の国籍のことでしょう？」

「そうだ。話したくないなら、話さなくていいよ」

「いいわよ。私はもともと在日韓国人なの。ただ、帰化したから、今は日本人だけど」

「――!?」

「なぜ、帰化したかって？　そうしなければ、この国では生きづらいのよ。民族の誇りを持って生きるという手もあるけれども」

「そうなのか」

「皮肉なものね。あの時の流れを超えていく時、私の少女時代を感じたって言ったわよね、この世界での」

「ああ」

「あの少女は、扶桑光に憧れていたりいやな奴だけど、ひょっとしたら私より幸せなところもあったみたい」

「それは？」

桜は驚いて言った。

「この時代、扶桑国では日本人とほかの民族が差別されないで、同じ市民として生きているの。つまり、アメリカにおける韓国系アメリカ人みたいな立場って言えば、わかるかしら」

「そうか。みんな市民権を持って、平等な権利を持っているということだな」

「そう。それは、ちょっとうらやましいと思った。だけど、それだけよ。扶桑光の罪は、その程度の功績じゃ、贖《あがな》えるものじゃないわ」

「わかった。もう寝よう」

「待って」

良美は言った。

「それで、あなたの私に対する気持ちは変わったの？」

「ああ、変わったよ」

桜は言った。

良美は目を開けて、驚いたように闇の中の桜を見た。桜は笑って、

「今はもっと愛してる、っていうことさ。おやすみ」

良美もほっとして言った。

「おやすみ」

盗んだ衣服には、まだ湿り気が残っていたが、それほど寒くはなかった。

2

翌日、朝の光がボイラー室に差し込み、桜は目を覚ました。ビクッとして起きて、反射的に腕時計を見たが、時間はとんでもない時刻を指していた。

「またか」

桜は思った。この前と同じである。これは何も扶桑国兵士の時計の品質のせいではない。もちろんその品質も粗悪なのだが、時計というものは、どうやら時の流れを超える時に、完全に狂ってしまうものらしい。前、桜が持っていた時計も、そうだった。物理的ショックに耐える、いちばん頑丈な時計を買ったつもりだったのに、いざ時の流れを超えてみると、その防御機構は何の役にも立たず、時計は完全に狂っていた。単に時間が変わっていただけではなく、時を測る機械としてもオシャカになっていたのである。それと同じことが、また起こったに違いなかった。

「さて、今は何時だろう」

桜は立ち上がって、階段を少し上がると、明かり取りの窓を通して、外を見た。まだ夜は明けきっていない。桜は良美を揺り起こした。良美もすぐに目覚めた。

「いったん、ここを出よう。この服装じゃ服泥棒だと言っているようなものだからな」

二人は地下室を出ると、広いキャンパスを、校門のほうに向かって歩いた。鳥のさえずりがあちこちに聞こえた。人は誰もいない。校門は閉じられていたが、脇の入口から、簡単に外へ出ることができた。大学を出るまで落ち着かなかった二人は、ようやくホッと一息ついた。

それでも早足で、大学から遠ざかると、学生街を抜けて、表通りへ出た。

「これからどうする？」

「そうだな」

桜は考えてみたが、どうしようもない。なにしろ、金もないし、身分を証明するものもない。そんな中で、いったいどうやって生きていけばいいのか。

「この時代は、高度経済成長期でしょ。何か仕事はあるんじゃない」

「そうだな。でも、身分がわからないと、普通の職業には就《つ》けないだろう」

「大丈夫よ。ほら、日雇いの労働者をやるという手があるわ」

「えっ、俺がやるのかい？」

「しょうがないでしょう。だってほかに仕事なんか、ないんだもん。私のほうは、見つけられるけど」

「おいおい、君は何をするつもりなんだ？」

「決まってるじゃない。女にはいつでもやれる商売っていうのが、あるのよ」

「えっ、まさか」

「馬鹿なこと、考えないでよ」

と、良美は笑って、

「売春なんかしようってわけじゃない。ただ、キャバレーとかバーはあるでしょう。ああいうところって、別に住民票を出せとか、うるさいこと、言わないじゃないの」

「それをやろうって言うのか」

「私たちがいた世界でも、結構家出してきた子なんかが、勤めてたりしてたわよ。大丈夫だと思う。それに心当たりがないわけじゃないし」

「心当たり？　六〇年代のこの世界にか？」

「うちの親戚が昔、そういう商売をやっていたのよ。そこへ行けば雇ってもらえるかもしれない」

「何て言うんだ？　私は三十五年後の良美ですとでも言うつもりか？」

「馬鹿ね。まだ、私、生まれてないわよ」

「ああ、そうだったな」

桜は笑った。それは桜も同じである。この世界には、まだ桜浩行も金村良美もいない。

「それより、私たちに許された時間は、どれぐらいあるのかしら？」

「そうだなあ。日本史と、いわゆる扶桑国史の違いが、どのへんから生じてきたのかが、よくわからないんだが、少なくとも、安保改定の日がタイムリミットであるということは、言えるだろうな。結局、安保が改定されずに廃棄されたことが、日本の没落の第一歩だったんだから」

「それは、何月何日？」

「確か、僕の記憶では六月二十三日だったな。一九六〇年六月二十三日。ただ、全学連が国会突入をしようとしたのは、確か六月の十五日」

「いずれにせよ、六月ね。いま、何月かしら？」

「さあ。しかし冬じゃないことは、確かだな」

桜は言った。湿り気のある服を着て過ごしていても、それほど寒さは感じなかった。しかし、夏でもない。そんなに暑くはないからだ。

（ひょっとすると、もう六月に入っているのか）

桜はそう思って、ぞっとした。それなら時間がなさすぎる。破局は二週間足らず後に迫っていることになる。

（あの大学での演説、いつだったかな？）

桜は記憶をたどったが、どうしても思い出せない。扶桑国革命史は、一度読んだだけなのでである。その時、あの師範大学での演説がきっかけとなったことは事実だが、それが一九六〇年の何月だったかは、記憶に残っていないのだ。いずれにせよ、六月以前だったことは間違いないけれども、二月なのか、三月なのか。だが、季節の感じでいくと、どう見ても今は四月以降である。いや、四月なら夜明けは肌寒かったはずだ。

（しかし、まだ半袖じゃないな）

と、桜は気がついた。もし、完全に夏になっていたら、服は半袖のはずである。

（そうじゃないということは、五月か）

ちょうどそこへ人が歩いてきた。犬を散歩させている老人であった。

桜はしめたと思って、近づいた。

「すいません。今日、何日でしたっけ？」

桜は聞いた。

「何日？　十日じゃないか」

「十日。えーと、何月の十日でしたっけ？」

それを言うと、老人は驚いたように、桜を見つめた。確かに、今が何月かを忘れるような人間はいないに違いない。

「あんた、わしをからかっておるのかね」

「いえ、とんでもない。実はちょっと、朝のラグビーの試合で頭を打ちまして、その、記憶がはっきりしない、何をやっているのかはっきりしないものですから」

「ラグビー？」

　老人は疑わしそうな目つきをしていたが、

「それより、連休ボケと違うかな。今は五月だよ。五月十日だ」

「ありがとうございました」

　桜は頭を下げて、良美のところに駆け戻った。

「五月十日だってさ」

「そうすると、あと一カ月ちょっとね。どうする？」

「じゃあまず、さっきの方針どおり、職を見つけよう。そして、何とか活動資金を作るんだ。とにかくこのままじゃ、身動きがとれないからな。そして、余裕ができたらあそこへ戻って、扶桑光のことを調べ直す」

「わかったわ。じゃあ、とりあえずはここで別れましょう」

「別れる？」

　桜はぎょっとして言った。

「馬鹿ね、ちょっと離れ離れになるだけよ。それとも、私のヒモとしてキャバレーについてくる？」

「そうもいかんだろう。それじゃ、君は売り値が安くなる」

「そうよ。じゃあ、五日後の夜にとりあえず、新宿《しんじゅく》駅で会うというのは、どう？」

「わかった。新宿のどこ？」

「東口はどうかしら。あのへんだと歌舞伎町《かぶきちょう》にも近いし」

「歌舞伎町？　君は、そのあたりに行くつもりなのか」

「そうよ」

「じゃあ、気をつけてな」

「うん」

桜は良美と別れた。そして、ひたすら上野を目指した。しかし、電車賃も持っていないし、バスに乗る金もない。歩くしかない。とりあえず、何とか山谷《さんや》あたりまでたどり着いて、職にありつくことが目的だった。それにあのあたりのドヤ街に入れば、一泊数千円、いや数百円で泊まれる宿があるはずだ。桜は空腹に耐えつつ、ひたすら歩いた。

山谷では、職を求める労働者が、朝からひっきりなしにやって来ていた。経済の高度成長下にあって、いわば建設ブームであるから、仕事はいくらでもあった。手配師は日当と労働時間を示し、それに乗る人間を探したら、それをトラックに乗せて、現場まで運んでいく。現場には簡単な宿舎があって、そこで寝泊まりして、朝から晩まで働き、日当をもらうのである。

桜は、日当八百円の仕事を見つけた。そして、手配師の言うとおり、神田《かんだ》の工事現場に運ばれて、朝からツルハシを振るった。そして、途中、監督に前借りして食べた五十円のラーメンが、久しぶりの食事だった。その日は、久しぶりの肉体労働で、筋肉が端々まで痛んだ。仲間の勧める焼酎《しょうちゅう》を飲むと、欲も得もなく、風呂にさえ入らず眠りこけてしまった。

翌日も、仕事が続いた。いかに物価が安いとはいえ、一日八百円では、休みなしに働いても、月三万円にもならない。こんなことで、本当に扶桑光が倒せるのだろうか。

桜は二日目からは、焼酎を飲まずにきちんと銭湯に通い、体の疲れをとることに努めた。

3

良美は、新宿のキャバレー街に入った。桜には詳しく話さなかったが、実は叔父が、当時日本最大と言われたキャバレーのチェーンを持っていた。そこでは前歴を問わずに、その日から住み込んで働けるということを、良美は聞いていたのである。良美が新宿に着いた頃、まだあたりには昨夜の歓楽の余韻《よいん》が残っているような感じであった。もう店はとっくの昔に閉まっているが、中には夜明けまでやっていた店もあるらしく、疲れた目をした男や女たちが、もうろうとした足取りで歩いていた。

良美は、叔父の経営するキャバレーの前に行ってみた。マネージャーらしい、蝶ネクタイにワイシャツ姿の男が、店の前をホウキで掃いていた。

「あの、すいません」

良美は、店の通用口に目立たなく貼ってある、住み込みホステスさん募集の貼り紙を確認しながら言った。

「なんや、あんた？」

「ここで働きたいんですけれども」

良美は言った。

「あっ、そう」

男は、良美の頭から足の先まで、まるで品定めするように見た後、

「あんた、学生さん？」

「そうです。ちょっとお金、貯めたいんで」

「うちは住み込みもあるけれど、どうする？」

「住み込みのほうが、ありがたいです」

「そう。じゃあ、いまちょうど、社長がいるから、とりあえず面接してもらおうか」

男は、通用口の扉を開けた。良美も後に続いた。

（社長って、まさか）

中に入ると、その悪い想像は当たっていた。叔父の金村大造《かねむらだいぞう》が、大きなデスクの前で、ふんぞりかえっていた。実を言うと、良美は、この叔父をあまり好きではなかった。自分の母にちょっかいを出したという噂もあったからだ。

「この子、うちで働きたいそうです」

と、男が紹介した。

「ああ、そうかい。まあ、掛けなさい」

その時、良美は叔父の目がきらりと光ったように思った。いやな予感がした。

「ほう。なかなかいい子だな。君、どこの出身？」

「静岡です」

と、良美はでたらめを言った。

「あ、そう。こちらには、いつ来たの？」

「四年ぐらい前です」

「ほう、四年前ね。そうか、お父さん、お母さんは、ここで働くことは知っているのかね？」

「そんなこと、言う必要あるんですか？」

良美は開き直った。大造は、にやにやしながら、

「いや、そんなことはない。念のために、確認しておきたいんだけれども、君はいくつ？」

「未成年ではありません。それで充分でしょう」

良美の言葉に大造は苦笑して、

「なるほどな。わかった。じゃあ、今日からでも働いてもらおう。とりあえず、昼間は休んでていいよ。勤務は夜六時から。五時にはミーティングがあるから、この下の事務所に来るよう

に。そこでママの訓示がある。それから、給料は、こんなもんでどうだろう」

と、日給を提示した。それは、桜の賃金より、遥かに高額であった。

「それでいいです」

良美は、文句を言うつもりはなかった。とにかく、とりあえずは働く場所とお金がいるのだ。

「斉藤《さいとう》、面倒、みてやれ」

と、大造は男に言った。

「こいつは、マネージャーの斉藤だ。お前たちの相談係をやっている。まあ、せいぜい世話になるんだな」

「わかりました。斉藤マネージャー、よろしくお願いします」

良美は頭を下げた。社長室を出て、階段を下りると、斉藤はニヤッと笑って言った。

「社長は、君を気に入ったみたいだな」

それから、斉藤の案内で、良美はそのキャバレーの寮に連れていかれた。寮は、歩いて十分ほどのところにある、汚ない木造アパートであった。ただし、良美に宛《あて》がわれた部屋は、狭いながらも個室だった。それは良美にとって、ありがたかった。

「ここだよ」

斉藤は、良美に鍵を渡し、

「必要なものは、一応揃っているはずだ。それでも何か足りないものがあったら、一応事務所に行ってみるといい。あれば貸してあげるよ」

「ありがとうございます」

良美は頭を下げた。斉藤は、またにやにや笑いながら、

「それにしても、君は幸運だな」

「えっ？」

「正直に言うと、社長の好みのタイプにズバリなんだ。気をつけたほうがいいよ。社長に思いどおりにされないようにね」

「思いどおりって、どういうことですか？」

「わかっているだろう。ただ、思い切って社長から金を絞りとるのも、いいかもしれない。割りと気前のいいところもあるんだから」

「マネージャー」

「何だい？」

良美は、右の掌《てのひら》を差しだした。

「朝御飯、食べたいんです。お金、貸してください」

斉藤は呆れたように、肩をすくめた。

キャバレーの名は、ブライトンという。ホステスは百人近くおり、五時になると、一斉に出勤する。制服があり、私服で来た女たちは、ミーティングの前にそこで一斉に着替えることに

なっていた。化粧台の数はそんなにないから、取り合いから、果ては喧嘩《けんか》になることもあった。まるで、女の戦場である。

良美は、さっさと着替えを済ませると、私服を丸めて、部屋の隅に置き、ミーティングでも前のほうに座った。あたりを見回すと、それほど美人はいない。十人に一人ぐらいは、本当にきれいな人もいるが、あとは明るい光の下で見ると、生活に疲れたような女、あるいは相当歳《とし》を食った女ばかりである。三十五年後の風俗の世界を知っている良美から見ると、この時代のホステスたちは、一様におばさんっぽく見えた。ただ、さすがにママはきれいだった。ママは、潤子《じゅんこ》といった。潤子ママは三十五ぐらいだろうか。これなら、どこに出しても恥ずかしくないほどの美人である。ホステスが百人いるのだから、点呼をとるだけでも大変だ。ホステスたちは十人ずつ十班に分かれ、班長がいて、その班長が班全員の点呼をとって、ママに報告するというやり方のようだった。それが終わると、ママはとおりいっぺんの訓話をして、ミーティングは終わる。それから、わずかの休憩時間があって、六時から営業開始である。

「良美ちゃんって、いったわね」

突然、ママに呼び止められた良美は、振り返った。

「はい。そうですけど」

「あなた、なかなかいいわ」

潤子ママは、良美を褒めた。

「ありがとうございます」

「そうそう。そういう折り目正しいところがいいのよ。それにあなた、顔も悪くないし、スタイルもいいし。きっとこの世界で、出世するわ。頑張りなさいよ」

「ありがとうございます」

良美は複雑な心境だったが、とりあえず褒めてくれるものを、むげに邪険にしてはいけないと思い、頭を下げた。

「いい？　この世界ではお客さまが第一なんだからね。そのことは忘れないように」

「わかりました」

営業が始まった。百人もホステスがいて、余るんじゃないかと思っていた良美の予想は見事に外れた。客は六時を過ぎると、どんどんやって来た。良美は新顔ということで、いろんな席に着かされて、それだけで疲れてしまった。客ダネで多いのは、建設業と弁護士、医者などの自営業。そして、弱電や機械などのメーカー、そして、商社のサラリーマンなどであった。良美は、どの席に着いても評判が良かった。

「よかったじゃない」

ママは良美を褒めた。

そんな日が、三日ほど続いた。良美は、あまりに忙しくて、桜との約束を忘れそうになるところだった。

四日目の夜、勤めが終わったあと、マネージャーの斉藤が、また下卑た笑いを浮かべながら、良美に近づいてきた。

「終わったら、ちょっと事務所に来てほしいそうだ。着替えてからでいい」

「何ですか?」

「さあ。お褒めの言葉じゃないかな、よくやっているという。ひょっとしたら、ボーナス、もらえるかもね」

斉藤は、そう言いながら行ってしまった。良美は、変だと思ったが、とにかく着替えると、社長のところへ行った。

「ほう。この間と同じ服装だな。ほかに持っとらんのか?」

と、大造は言った。我が叔父ながら、いやな奴だと、良美は思った。だが、もちろんそんなことは、おくびにも出さない。

「どうだ。わしが服を買ってやろうか。何でもよりどりみどりだぞ。それに靴も。宝石も買ってやってもいい」

「それって、ボーナスですか」

良美は言った。

「ハハハ。そんなきつい目で俺を見るな。まあ、そのきつい目がいいんだがな」

「社長、お話って何ですか?」

「まあ、そう切り口上でものを言うもんじゃないよ。まあ、掛けないかね」

良美は立ったまま話していたことに気がつき、不承不承そこに座った。

「話というのは、ほかでもない」

今度は大造のほうが立ち上がって、良美のほうに近づいてきた。息を吹きかけるぐらいの距離である。煙草臭いいやな息だと、良美は感じた。

「どうだ。わしの専属にならんか？」

「専属？　専属って、つまり、どういうことですか？」

「専属は専属だよ。キャバレーを辞めて、店を辞めて、わしがアパートを別に借りてやる。あんな粗末なところじゃない。欲しいものは何でも買ってやるぞ。どうだ？」

「つまり、二号さんということですか？」

「まあ、世間ではそうも言うがな」

「お断わりします」

良美はにべもなく言った。

（冗談じゃない）

「そんなにわしのことが、嫌いか？」

「好きも嫌いもありません。だいいち、社長のことをよく知りません」

「これから、よく知ってもらえばいいと思っているんだがな」

大造は、右手を伸ばして、良美の肩を摑んだ。良美はすぐに振り払った。

「やめてください。そんなことをすると、私は社長を軽蔑します」

良美はきっぱりと言った。それに対して、大造はさもおかしそうに笑った。

「何がおかしいんです？」

「いや。実は昔、わしを手ひどく振った女がいて、君はその女にそっくりなんだけれど。驚いたな、言葉まで一緒だ。『そんなことをすると、私はあなたを軽蔑します』か。まるで姉妹みたいだな」

良美は、それが誰のことを言っているのか、わかった。自分の母のことである。大造が母に言い寄ったというのは、本当だったんだなと、良美はいま、痛感した。

「私、帰ります」

良美は立ち上がったが、大造は素早く出口のほうへ回ると、ドアを閉め、ポケットから鍵を出して、錠をしっかりとおろした。そして、にやにや笑いながら、鍵をポケットに入れた。

「さあ、これでもう逃げられないな。わしのものになってもらうぞ」

良美は、必死であたりを見回した。しかし、ここは二階だし、窓にも厳重な鍵がかかっており、逃げだす場所はどこにもない。

（どうしよう）

このままでは犯される。しかも、その相手は、血のつながった自分の叔父なのである。

「さあ、おいで」

大造は、下卑た笑いを浮かべながら飛びかかってきた。良美は、それを突き飛ばした。大造はバランスを失って尻もちをついたが痛がりはせず、むしろニヤッと笑って、唇の涎《よだれ》を手の甲で拭いとった。

「なかなか骨があるな。こうでなくちゃいかん」

大造は立ち上がって、近寄ってきた。良美は机の反対側に回って、身構えた。しばらく、それを捕まえようとする大造と、逃げようとする良美の鬼ごっこの形になったが、大造は太った体の割りには意外に機敏で、良美のちょっとした隙をついて背後から羽交《はが》い締《じ》めにした。

「さあ、もう逃げられんぞ。覚悟しろよ」

大造の手が良美の胸の膨らみに触れた時、突然、激しいノックの音がした。

「社長、社長いますか？」

女の声だった。大造はギョッとして、一瞬、どうしたものかと迷った。良美は機転をきかせて、

「はい、社長はこちらにいらっしゃいます」

と、大声で返事をした。大造はそれを聞いて、舌打ちして力を緩めた。良美はすかさず大造の腕を振りほどいて、

「社長、お客さんですよ。扉を開けなくちゃ」

と言った。

扉の外からも、

「社長、そちらにいらっしゃるんですか」

という声が聞こえた。

大造は、苦虫を噛み潰したような顔でポケットから鍵を取り出すと、ドアを開けた。入ってきたのは、ブライトンのママの潤子だった。

「何だ、お前か。何か用か?」

大造は不機嫌そうに言った。潤子は笑みを浮かべて、

「ちょっと、経理のことで相談がありましたので」

「経理の相談? そんなことなら、明日にすればいいじゃないか」

「そうですね。じゃあ、明日にします」

と、ママは言った。そして、良美のほうを見ると、

「もう、用事は終わったんでしょう?」

と聞いた。

「ええ」

救われたように良美が頷《うなず》くと、ママはわざわざ良美の手を取って言った。

「じゃあ、帰りましょう。美味《おい》しいものでも食べに行こうよ」

ママはそう言って、そのまま良美を連れて外に出た。

事務所を出て、しばらく歩いて曲がり角まで来ると、ママのほうが先に声をかけた。

「よかったわね。危ないところだったんじゃない？」

「ママ、助けてくれたんですね」

「まあ、助けたというほどでもないけれども。社長には、気をつけたほうがいいわよ」

「ありがとうございます」

良美は深々と頭を下げた。

「そんなにまでしなくてもいいわよ。あの社長の手癖の悪さも、相当なものなんだから。私は、これまでにも何度かこういうことはあったのよ」

「でも、いいんですか」

良美は言った。

「何が？」

「そんなことして、後で社長に意地悪されませんか？」

「意地悪？　大丈夫よ。あの人は、経営者としての私の腕を買っているんだから」

良美はその口調から、社長と潤子ママの間には何か関係があるんだと直感した。そうでなければ、「あの人」なんて言わないだろう。しかし、それを聞いてみる勇気はなかった。

「どう？　これから、ちょっと美味しいものでも食べにいかない？　さっきは口実で言ったんだけど、本当に食べに行ってもいいじゃない」

「ええ、連れてってください」

ママは、良美を近くの焼肉屋に連れていった。良美は久しぶりに、お腹《なか》いっぱい美味しいものを食べることができた。ママはあまり量は食べずに、法酒《ほうしゅ》で一杯やっていた。

「ねぇ、良美ちゃん。聞きたいと思っていたんだけど、あなた、何かワケありでしょう？」

良美は咄嗟《とっさ》に返事ができなかった。自分たちの境遇のことを、何と言えばいいのだろう。

「ね、そうでしょう。もし悩んでいることがあったら、私に話してごらんなさい。何か力になれるかもしれない」

「ありがとうございます」

良美はそうは言ったが、話す気にはなれなかった。そんなことを言っても、だいいち、信じてくれるはずもない。

「どうしたの？　よっぽど込み入った事情があるの？」

「ええ、そうなんです。時期が来たらお話しできるかもしれませんけれども、今はちょっと」

「そう……」

ママは一瞬失望したような顔を見せたが、すぐに笑顔に戻ると、

「わかったわ。じゃあ、深くは聞かないことにする。でも、本当に何か困ったことがあったら、相談してね」

「はい」

良美は、とりあえず明日の夜、桜と落ち合ってから、今後の詳しい計画を決めようと思っていた。

4

桜は、慣れない労働でクタクタになっていた。とにかく、こんなに朝から晩まで肉体を酷使したことは、人生の中でもまず経験がないのである。主にツルハシを振るって筋肉が悲鳴を上げるまで働き、夜は泥のように眠る。その繰り返しであった。

五日目になっても、そんなに金は貯まらなかったが、桜はとにかく約束の新宿駅東口に出向いた。特に時間は決めていない。それに、良美が水商売をしているとしたら、来るのは夜遅くになるはずだ。とりあえず、桜は十一時に新宿駅東口の改札口あたりに行ってみた。まだ、良美は来ていなかった。

（早すぎたか）

桜はそこで、辛抱強く二時間ほど待った。もともと警察《サツ》廻り時代に、張り込みには慣れている。関係者が現われるまで、何時間も路上で待ったことも珍しくない。その点では、別に苦痛ではなかったのだが、昼間の労働の疲れが一気に出て、桜はいつの間にか駅の改札口のところにあるフラワーポットに腰掛けて、そのまま眠り込んでしまった。

どれぐらい時間が経《た》っただろう。桜は、聞き慣れた女性の声で叩き起こされた。

「目が覚めた？」

目を開けると、その前に派手なワンピース姿の良美が立っていた。

「ああ、ごめん。ちょっと寝ちゃったみたいだな。いま、何時だい？」

「もう、午前一時に近いわ。店が終わったんで急いで来たんだけれども、待たせちゃったみたいね」

「ああ、十二時ぐらいに終わる店でよかったよ」

桜は立ち上がった。

「ここじゃ、まずいな。あそこにでも行くか」

と、桜は良美を赤ちょうちんの出ている居酒屋に誘った。まだ、多くの客が残っている。そのいちばん奥の衝立《ついたて》の陰の席に、桜と良美は向かい合わせで座った。

「元気そうだね」

桜が言った。

「ええ。あなたも日に焼けて、精悍《せいかん》そうになったんじゃない？」

「毎日、つらい肉体労働しているからな」

桜はぼやいた。

「それにしても、俺たち、どんなカップルに見られるかな？」

「そうね」

良美はクスッと笑った。

桜は、どちらかというと作業衣のような薄汚れた服を着ているのに、良美はどちらかというと普通の人が着ないような、派手な原色に近いような色のワンピースである。確かに人が見たらどう思うかと思うと、変な気持ちがした。

「金は、いくらか稼いだかい？」

「ええ、ここに」

と、良美は折り畳んだ札を、桜に向かって差し出した。輪ゴムでとめた千円札だった。かなり厚みがある。

「五万円ぐらいはあると思うわ」

「へぇ、たいしたもんだな」

「これでも血の出るような思いで稼いだんだから、大変だったのよ」

「楽な仕事じゃない」

「とんでもない、危うく……」

と、良美は言いかけて、あわてて言葉を呑み込んだ。

「危うく何だよ？」

「いや、そんなことはどうでもいいの。それよりも、これからの作戦計画だけど」

「そうだな」

そこへ女の子がビールを持ってきたので、会話は一時中断した。

桜はあたりをもう一度確かめ、誰もこちらに注意を払っていないのを確認すると、

「実は仕事に精一杯で、いろんなことを調べる暇がなかったんだ。君はどうだ？」

「私は調べたわよ、ちゃんと。昼の間は暇だったから、図書館に通ったりして、情勢の把握《はあく》に努めたわ」

と、良美はメモを出して桜に渡した。そこには、学生組織の主なリーダーの名前が、系統図とともに書かれていた。

「でも、未来のことはわからない。あなたは、熱心に勉強していたわね、バットマンのところで。これからどうなるの？」

「この前も言ったとおり、いちばん問題なのはハガチー暗殺事件と在日米軍の家族に対するテロだと思う。これがアメリカでは、こんなわからずやの日本人のために、アメリカの将兵が血を流す必要はないということになって、手を引く重大なきっかけになったんだから」

「ハガチーというのは、アメリカ大統領の秘書？」

「そう。われわれのいた世界では、彼は車ごとデモ隊に取り囲まれて身動きとれなくなったけれども、何とか海兵隊のヘリコプターで脱出している。ところが、どうやら扶桑国では殺されたらしいんだ」

「殺された?」

「しっ、声が高いよ」

と、桜は慌ててあたりを見回した。居酒屋の中は、それぞれがお互いのお喋りに耽《ふけ》っていて、こちらに注意を払う者は誰もいない。

「ごめんなさい。それで?」

と、良美は先を促した。

「われわれの歴史では、ハガチーは殺されなかった。しかし、扶桑国の歴史では殺されている。ということは、それが歴史を変える大きなターニング・ポイントになったということだ。当然、そこにはあの男がかんでいるということになる」

「扶桑光ね。いま、あの男はどこにいるかしら」

「その所在は僕にもわからないし、それにだいいち、今のこの時点で扶桑光と名乗っているかどうかも問題だ。ただ一つ言えるのは、ハガチー事件やそのほかのテロ事件の犯人はわかっているということさ」

「犯人というのは、扶桑光以外に?」

「そういうこと。実行犯がわかっているんだ。革命史に麗々しく書いてあったのさ。反米闘争の英雄としてね」

「それは?」

「東京師範大学の第三寮の委員長。確か名前は……」

と、桜は記憶をたどって、

「垣内《かきうち》といったかな。その垣内という男をマークしていれば、必ず扶桑光は姿を見せると思う」

「じゃあ、これからそいつをマークするわけね」

「そう。君が活動資金を作ってくれたから、明日からは仕事をしないで彼を見張ることができる。必ず尻尾《しっぽ》を摑んでやるよ」

「でも、大丈夫かしら。相手は人殺しも辞さない連中なんでしょう?」

「それはそうだけれども、そうでもしなけりゃ、奴の尻尾は摑めないじゃないか」

「どうやって、垣内という男に近づく?」

「さあな。これからちょっと考えてみよう」

桜は言った。実のところ、いいアイデアはまるでなかった。

第七章　パラレルワールド

1

桜は翌朝、東京師範大学のある駿河台近くの学生街に行くと、まず学生っぽいシャツやジーンズを買って、服装を全面的に改めた。トイレで着替えて、今まで着ていた服はごみ箱に捨てた。そのほかにも、古本屋で教科書を二、三冊買い、ブックバンドも買い、できるだけ典型的な学生風俗に身を変えることにした。

（とんだニセ学生だな）

桜は、そのまま学生街の安いカレー屋に行って、朝飯とも昼飯ともつかないものを食べた。鏡に映してみると、学生というにはちょっとふてぶてしく薹《とう》が立ちすぎているような気もするが、まあ見えないこともないだろうという程度のものだった。

髪がボサボサで、最近床屋に行く暇もないことが、かえって幸いしたかもしれない。桜はそのまま大勢の学生とともに、何くわぬ顔をして構内に入り、大教室の授業に出たり、生協を覗いたりしながら情報収集に努めた。

まず、垣内という男の顔を知る必要があった。『扶桑国革命史』には、確か戦闘服姿の垣内の写真が残っていたが、顔までは覚えていない。それでも、この大学の寮長の一人なのだから、寮の学生に聞けば、誰が垣内かはわかるはずである。問題は、その垣内をどうやって四六時中マークするかということである。本当は、何か適当に口実を設けて正面切って訪ねていけば簡単なのだが、それだと相手にも顔を覚えられてしまうことになる。今後の尾行や張り込みに支障を来す。

桜はいいアイデアも思いつかないまま、とりあえず行き当たりばったり、垣内のことを聞いて回った。しかし、それはやはり作戦としては下の下であった。桜があちこち聞き込みを続け、ふと人けのない校舎と校舎の間の通路に入ったところ、突然、前と後ろから数人の男が走ってきた。桜は身の危険を感じて身を翻《ひるがえ》そうとしたが、挟み撃ちにされてはどうしようもない。たちまち、両側から腕を押さえられた。

「何だ、何をする！」

「うるさい。こっちへ来い！」

桜はいきなり頭から黒い袋のようなものをすっぽり被せられて、何も見えなくなってしまった。そのまま道を歩かされ、いくつかの曲がり角を曲がって、ある建物の中に連れ込まれた。

そこで、どうやら地下室に下りていくようだった。その地下室で、ようやく桜は覆面《ふくめん》をとることが許された。桜は、後ろ手に手錠をかけられた。

そこは、やっぱり地下室であった。片隅にボイラーがあって、上には裸電球がついている。

「何のために、俺のことを聞いていた？」

男が言った。背が高くて、痩せぎすで、どことなくぞっとするような殺気を感じさせる男である。これが垣内に違いなかった。

「さあ、学生運動のリーダーってどんな人か、興味があったんでね」

桜はとぼけて言った。

「ということは、お前は学生じゃないんだな？　公安のイヌか？」

「違うよ」

「おい、こいつの身体検査をしろ」

垣内は、周りの男に命じた。男たちは手荒く、桜のポケットやシャツの下を探った。

「何もありません。学生証も持っていない」

「偽造の学生証ぐらい持ってきたらどうだ？　えっ、公安さんよ」

「私は公安じゃない」

「じゃあ、何だ？　それとも自衛隊だとでも言うのか？　あるいはアメリカ軍かな？」

からかうような垣内の言い方に、あたりの男がどっと笑った。

「とにかく、お前は危険人物のような気がする」

垣内は言った。

「じゃあ、どうするつもりなんだ？」

「殺しはしないと言いたいところだが、そうもいかんかもしれんな。とにかく、しばらくここにいてもらうぞ」

「上層部の判断を仰ぐっていうわけか」

桜は小馬鹿にするように言った。垣内はキッとした目で桜を睨《にら》んで、

「上層部？　どういう意味だ？」

「扶桑光のことさ、お前のボスの」

桜は思い切って言った。垣内の顔色が少し変わったが、その動揺を押し隠すように、

「知らんな、そんな男は」

と、首を振った。

それから、数時間、桜はボイラー室で縛られたまま過ごした。部屋の柱を背負うような形で手錠をかけられているので、座ったまま身動きがとれない。まったく、これまで何度手錠をかけられたことだろう。

（手錠をかけられる度合いと、その国の民主度は反比例するっていうわけか）

などと、馬鹿なことを考えた。

　そのまま水を与えられるだけで二日過ごした桜の前に、突然ドアが開けられて、数人の男が姿を現わした。その先頭に立っている男を見て、桜は息を呑んだ。それは、もちろん初めて会った時よりははるかに若いが、扶桑光に間違いなかった。

「お前か、俺の名前を知っていたというのは？」

　扶桑光は傲然《ごうぜん》として言った。

（若い頃も、変わらないな）

　桜は思わず苦笑した。扶桑光は、それを嘲《あざけ》りの笑いととったか、いきなり無抵抗の桜の腹に蹴りを入れてきた。的確に鳩尾《みずおち》をとらえたその蹴りに、桜は激痛のあまり、一瞬気が遠くなった。

「俺を馬鹿にする奴は許さん。言え。お前は、なぜ俺と垣内の結びつきを知った？　どこまで話を摑んでいる？」

「何も知らんと言っても、信じてもらえないだろうな」

　桜は息も絶え絶えながら、顔を上げて扶桑光を見据えて言った。

「こいつめ」

　扶桑は、桜を蹴ろうとしたが思い止まり、

「おい、こいつを基地に連れていくぞ」

　と言った。

「基地にですか？」

「そうだ。本部じゃ、まずい。あそこには公安の目があるからな。基地なら、今のところ、誰にも知られていない」

「わかりました」

と、垣内は答えた。

「直ちに連行します」

そこで、桜はまた黒い覆面のようなものを被せられ、いったん手錠を外され柱から解放された後、また手錠をかけられて車に乗せられた。

三十分ほども走っただろうか。桜はまた外へ降ろされた。どうも光の具合からいって、昼ではなく夜のようだが、正確にはそれはわからなかった。桜は、また地下室のようなところに連れ込まれ、今度は手錠をかけられたまま、椅子に座らされた。

覆面をとられると、急に眩《まぶ》しい光が目の中に飛び込んできた。扶桑が部下に命じて、強烈なライトを桜の顔に当てさせていたのだ。

「もう一度聞く。お前はどこまで摑んでいる？　お前の身分は？　どこの所属だ？」

「ただの一匹狼の風来坊《ふうらいぼう》さ」

桜は言った。

「でたらめを言うと、許さんぞ！」

扶桑は叫んだ。

「馬鹿にしているわけじゃない。あんたの手腕は尊敬しているよ。いや、少なくとも敬意を払っている。たいした玉だよ、あんたは」

　桜は毒づいた。

「どこまで摑んでいるんだ?」

「それを白状したら、帰してくれるのか」

「ふふっ、それはお前次第だ」

　扶桑は笑ったが、桜はそんなことがあるはずはないと思った。よし、ここは承知のうえで、ひとつその手に乗ってみようかとも考えた。

「ハガチー・アメリカ大統領秘書を暗殺する計画。それと、在日米軍基地の家族に対するテロ計画のことなら知っている」

「何だと!」

　扶桑の顔色が、明らかに変わった。それもそのはず、このことは誰にも内密で進められていたに違いないからだ。

「おい、その話をどこから聞いた?」

　血相を変えて、扶桑は桜の胸ぐらを摑んだ。

「知らんな」

「そんなはずがあるか!」

扶桑は桜の顔を殴りつけた。二、三本歯が折れ、桜は血とともにそれを吐き出した。

「安心しろ。そのことを摑んでいるのは、俺だけだ。まだ、報告しちゃいない」

「何だと?」

「嘘ですよ、委員長」

と、垣内が言った。

「おかしなことを言うやつだ」

扶桑は首をひねった。

「こういう場合は、もし報告をしていなくても、報告をしたと言うものだ。そのほうが、命が助かるからな。なぜ、そんなことを言う?」

「さあ、もう命がないと思ったのかもしれんな、扶桑さんよ」

桜は開き直って、

「本当のことを言ったんだ。あんたも本当のことを教えてくれ。計画の詳細はどうなっているんだ?」

「聞いてどうする?」

「冥土《めいど》の土産にするさ。少なくとも、どういう段取りになるかぐらいは知っておきたいな」

「それを言えば、お前は自分の身分を白状するか?」

「言ってもいいよ。ご満足を得る答えになるかどうかは別として」

「よし、わかった。その度胸に免じて教えてやろう」

「委員長！」

　垣内が再び叫んだ。

「黙っていろ。これは俺の決断ですることだ」

　そう言って、扶桑は桜のほうに向き直ると、

「ハガチー来日とともに、われわれは実行部隊に命令する。ハガチーの車は防弾ガラスのついた特別仕様車になる予定だが、そんなことは問題ではない。われわれには米軍基地から奪ったロケット砲がある。これで奴の車を破壊する。それで、奴は完全にお陀仏《だぶつ》だ。それを合図に、全国一斉に基地のスクールバス襲撃が行なわれる。ちょうど午後三時、授業が終わる時間に米軍基地内の学校を終えた生徒は、全員がスクールバスに乗る。そのスクールバスは、厚木《あつぎ》でも横田《よこた》でも沖縄でもすべて同じだ。それをわれわれは同時に爆破し、そして革命委員会として、アメリカが日本に不必要な軍事的駐留を続ける限り、この事態は繰り返されることを警告する」

「そんなことができるのか？　米軍基地は警戒厳重だぞ」

「それは、奴らがそう思っているだけだ。われわれはすでに、あらゆる基地の中に工作員を送り込んでいる。奴らも、まさかスクールバスが襲われるとは思っていないからな。警戒は甘いよ」

「貴様、それでも人間か。そんなことをしたら、罪もない子どもたちが死ぬじゃないか」

「革命に犠牲はつきものだ。ある程度はやむをえない」

「それに、ハガチーの車にロケット弾を撃ち込んだら、デモ隊はどうなるんだ？　デモ隊はハガチー阻止のために、車を取り囲んでいるんだろう？　同志の中からも、犠牲者が出るぞ」

「やむをえんな。それは尊《とうと》い犠牲だが、革命成就《じょうじゅ》のための一段階でもある」

「つまり、ハガチー暗殺がすべての行動の開始合図になっているんだな」

「そのとおりだ。どうだ、ハガチー暗殺を止めてみるか？　そうすれば、すべての事態はストップするぞ」

扶桑はからかうように言った。もちろん、桜は手錠で拘束され、身動きすらとれない身なのである。

「さあ、素性を白状しろ。俺は計画を喋った」

「言っても、たぶん信じないだろうな」

桜は言った。

扶桑は目を剝《む》いて、

「俺を騙《だま》したのか」

「いや、そうじゃない。だが、あんたと二人きりで話したいな」

桜は言った。

「二人きり？」

「そうだ。あんたにしか言えないことがある。ほかの奴らには聞かれたくない」

扶桑はしばらく考えていた。垣内が首を振って、

「とんでもない。委員長、こんな奴の言うことを聞いちゃ、駄目ですよ」

と言った。

「怖いのか？」

桜は挑発した。

「俺はこんな状態だ。何もできない。まさか、俺を怖がっているんじゃないだろうな？」

桜の挑発に、扶桑は乗った。

「いいだろう。お前ら、部屋を出ろ」

扶桑は垣内たちに命令した。垣内が何か抗議をしかけると、扶桑は怒鳴りつけて言うとおりにさせた。ほかの連中が出ていき、扶桑と桜は二人だけで睨み合う結果となった。

「さあ、話せ」

「俺は未来から来た」

と、桜は言った。

「何だと？」

扶桑は理解しがたいものを見るような目で、桜を見た。

「何と言った」

「未来から来たと言ったんだ」

「未来？　いつからだ？」

「一九九五年、今から三十五年後だ」

「お前は馬鹿か、それとも頭がおかしいのか。そんなことを、俺が信じるとでも思っているのか？」

「それは思っていない。さっき言ったはずだ。言っても信じないだろうと」

「くだらん。そんな戯言《たわごと》を聞く暇はない」

扶桑は外の連中を呼ぼうとした。桜はすかさず、

「あんたは、この国に革命政権を打ち立て、自分の名前をこの国の名前にしようという欲望を持っているはずだ。すなわち、扶桑人民共和国だ」

桜の言葉に、扶桑は動作を止めて、驚いたように桜を見た。

「図星《ずぼし》だろう？」

桜は笑みを浮かべて言った。

「――――」

「なぜ知っているか、教えてやろうか。俺は未来から来たからだ。あんたの望みは実現している。三十五年後の世界、いや、正確に言えば、三十五年後のある世界では、日本は扶桑国となり、国旗は日の丸から白地に赤い星の旗となっている。あんたは人民革命委員会主席として、あらゆる人間から超越した存在になり、首都の真ん中に、それも東京と言わず新都というんだ

が、新都の真ん中に宮殿を築き、ハーレムすら持っている。そういう世の中が実現しているんだ」

「――それで、お前はなぜここに来た？」

呻《うめ》くように扶桑は言った。

「簡単だよ。あんたをぶっ殺して、そういう世の中が来ないようにするためだ」

「何だと？」

「あんたさえ殺せば、扶桑国は実現しない。扶桑国は、あんた個人の力によってできたも同然だからな」

「未来から来ただと？　そんな馬鹿な」

扶桑は言った。

「いったい、どうやって時間を遡《さかのぼ》れるんだ？　そんな科学力は、どこの国にもないはずだぞ」

「そのとおりだ。確かにない。だが、俺はある事故がきっかけになって、そういう能力を会得《えとく》したんだ。時をジャンプする能力を。だから、いまここにいる」

「お前、そんなこと俺が信じると思っているのか？」

「信じてほしいとは言っていない。ただ、本当のことを話すという約束だから話した」

桜は淡々と言った。

「それによく考えてみろ。ハガチー暗殺計画、そして在日米軍の家族に対するテロ計画を、どうして俺が知っているんだ？　それは、俺が未来の国で『扶桑国革命史』を読んだからだ。『扶桑国革命史』には、この事件でアメリカが日本の安全保障から手を引き、そのことがきっかけになって日本に人民政府が成立し、ソ連や中国や北朝鮮から軍隊を導入することによって、日本が共産化することになったということが麗々しく書かれているんだ。だから、知っているのさ。三十五年後の世界では、それは周知の事実なんだ」

突然、扶桑は大声で笑い出した。何かわざとらしいが、声は大きく、まるで笑うことを演じているような笑いであった。桜は呆気《あっけ》にとられて、扶桑を見ていた。

「なかなかおもしろい話だった。お前がどういうつもりなのか知らんが、確かにお前は小説家としての才能はある。だが、俺がそんなことを信じると思ったら大きな間違いだ。公安のイヌなのか、それともアメリカ軍のスパイなのか、それは知らんが、お前の物語を創作する能力だけは認めてやろう」

「再三言うが、信じてもらえるとは俺も思っていない。ただ、約束だから話した。だから、もう一つ、お前にとって有利なことを言うならば、このことは俺以外は誰も知らない。もちろん、公安当局も知らない」

「お前は、それがどういうことを意味するのかわかっているのか?」

「わかっている」

桜は頷いた。ということは、桜の口をふさいでしまえば、この計画は外に漏れないということである。

「お前もつくづく愚かな奴だな。そのことが、自分の命の最後の保証を断《た》ったということがわからんのか？」

「わかっているさ」

桜は、ある覚悟を決めていた。

「お前は、俺を殺す気なんだろう？　じゃあ、一つだけ俺の頼みを聞いてくれないか？」

「何だ？」

「殺すなら、早くしてくれないかな。ハガチー事件をこの目で見たくない。せめて、それだけはな」

扶桑は、また笑い出した。今度は嘲るような高笑いだった。

「お前も本当に変わった奴だな。何の魂胆《こんたん》がある？」

「魂胆など、何もないさ。あんたたちは、人間を一人ぐらいまったく抹殺できるシステムを持っているだろう。今さら、ジタバタしても始まらないということさ」

「われわれがお前を処刑するに当たって、何か助けが来ると思ったら大間違いだぞ。お前の言うとおり、われわれは完璧な抹殺システムを持っている。お前の死体が当局に発見されることすらないだろう」

「そうやって、今まで何人殺してきたんだ？」

扶桑は笑みを浮かべたが、答えようとはしなかった。桜は事のついでに言った。

「扶桑光。一つだけ聞きたい。お前はいったい、どういう素性の人間なんだ?」

扶桑はきっとなって、桜を睨み返した。しばらく沈黙があった。だが、扶桑はふっと睨み合いをやめて視線を逸《そ》らすと、表情を崩して、

「半分はな」

と答えた。

「半分?」

「そうだ。俺の体に流れる血の半分は、日本人のものだ。だが、俺は日本を憎んでいる。この国の奴らを、すべて奴隷《どれい》にしてやりたいと思っている」

扶桑はそれだけ言うと、口調をがらりと変えて、大声で叫んだ。

「垣内!・垣内、来い!」

その声を聞いてドアが開けられ、垣内以下、扶桑の配下たちがあわてて部屋に飛び込んできた。

「委員長、どうかしましたか?」

「何でもない。何でもないが、この男を直ちに最終処分にしろ」

「最終処分」

垣内は驚いて桜をチラリと見ると、

「まだ、自白させることがあるんじゃないですか」

「口答えするな。もう、こいつは用済みだ。早く処分しろ」

「わかりました。おい」

桜は手錠をかけられたまま、その地下室から別の場所に移された。そこは、建物の裏側にある資材置場のような場所であった。近くにプレハブづくりの平屋《ひらや》の事務所のようなものがあり、大きな生《なま》コン車が駐車されていた。垣内は部下に命じて、ドラム缶を一つ持ってこさせた。その蓋は開けられ、中は空である。

「これがお前の棺桶《かんおけ》だ」

垣内は冷徹に言った。

「お前をこの中に入れて、生コンで封印する。後は海に沈める。これで、もう永久にお前の存在はこの世から消える。どうだ、何か言うことはないか？」

桜は首を振った。このことは予期している。そして、それが最後のチャンスにつながると信じている。

男たちは桜を抱え上げて、ドラム缶の中に押し込んだ。桜はあえて抵抗しなかった。そのまま、生コン車が作動を始め、シャーベット状になった生コンクリートが桜の入っているドラム缶の中に注ぎ込まれた。恐怖はある。それも、耐えがたいほどの恐怖だ。だが、桜は必死に耐えた。そして、念じた。それが最後のチャンスなのだ。生コンは見る間に胸元まで押し寄せ、すぐに顎《あご》の線に達し、瞬《またた》く間に口と鼻の高さに達した。桜は息をするとともに生コンを吸い込み、おそろしいほどの息苦しさが桜を襲った。
（良美）
桜は、その中で良美の面影《おもかげ》を思うことで、苦痛を忘れようと図った。

2

良美はギリギリまで桜を待った。すでに彼が消息を絶ってから、二週間が経過している。良美は焦っていた。ハガチーは明日、来日するのである。今までは待った。桜との共同作業でなければ、扶桑光を抹殺するなどということは到底不可能だと思っていたからだ。しかし、もう待ってはいられない。これは扶桑国という国を歴史から抹殺する、最後のチャンスなのだ。

良美は、昼間は自由に動けることを利用して、さまざまな調査を行なっていた。垣内の周辺も調べた。そしてついに、垣内が扶桑と接触するために、郊外に大学とは別の秘密基地を持っていることを確かめた。その基地は警戒厳重で、誰も近づけない。おそらく、公安もマークしていないだろう。垣内の存在はともかく、扶桑の存在はノーマークなのだ。そして、それが暗殺事件が成功する重大な要因だったのである。

良美はその日は勤務を休み、夜、夜半を回ってから秘密基地に潜入しようと思った。黒のジーンズに黒いシャツを着て、さらに髪は短く束ねるようにして、良美は秘密基地の塀を越えた。

秘密基地といっても、外見は単なる建設会社の社屋と資材置場にしか見えない。だが、良美は慎重に歩を進めた。明日、おそらくはこの地点から、扶桑国の革命史の第一頁《ページ》が開かれるのだ。それは、何としてでも阻止しなければならない。

（私が捕まったら、もうおしまいだわ）

桜は捕えられたに違いなかった。だが、問題はまだ生きているかどうかだ。生きているなら、おそらくこの建物のどこかに閉じ込められているだろう。それを助け、扶桑光をこの世から抹殺するのだ。

良美は建物の外壁伝いに裏へ回り、ガラス戸にガムテープを貼ってガラスを破ると、手を伸ばして内側から鍵を外し、中へ侵入した。そのへんは、軍の基地などとは違って、防犯ベルも完備していない。良美は実のところ、ホッとした。それがあったら、どうしようかと思っていたのだ。捕まる時は捕まるさとは思っていたが、自分が捕まってしまえば、最後の希望はなくなってしまうのだ。

良美は息を殺して廊下に出た。そして、明かりのついている部屋へ向かおうとした。そこには、おそらく扶桑がいるに違いない。良美があたりを窺《うかが》い、一歩前に出ようとした時、突然後ろから良美の肩を誰かが摑んだ。良美が思わず悲鳴を上げようとすると、その直前、もう一本の手が後ろから伸びて良美の口をふさいだ。

（捕まっちゃった）

良美は目の前が真っ暗になるのを覚えた。

「しっ、静かに。僕だよ」

良美は、その声を聞いて耳を疑った。しかし、間違いはなかった。振り返ってみると、そこには桜がいた。

「無事だったの?」

良美はそう言いかけたが、口を手でふさがれているので、くぐもった声になってしまった。

「声が高いよ」

桜は笑って手を離した。良美は、桜の胸に飛びついた。

「無事だったの？　本当に無事だったの」

「ああ」

桜もがっちりと良美を受け止めた。そのまま、二人はしばらく固く抱き合って、涙を流した。

ややあって落ちつくと、良美が言った。

「いったい、どうしたのよ？　あなた、今までどこにいたの?」

「つい、ほんのちょっと前まで、ドラム缶の中にいた」

「ドラム缶?」

「そう、セメントを流し込まれてね、奴らに処刑されたんだ」

良美は息を呑んだ。

「幽霊じゃないぜ」

　桜は笑って、

「僕たちは、特殊な能力を身につけたじゃないか。つまり、絶対的な死の状況に追い込まれると、望む場所に時空をジャンプできるんだ。そのことを思い出して、一か八かに賭けたのさ。彼らを挑発して、わざわざ僕を殺すような形にもっていき、この瞬間へ移動することを考えたのだ。そして、それは見事に成功したというわけ」

「危ないじゃないの。もし、本当に死んじゃったらどうするの？」

「君だって、扶桑光の毒牙にかかるまいと、離宮から飛び下りたじゃないか」

「それはそうだけど」

「お互いさまさ。とにかく、この能力はまだまだ使えそうだ。ひょっとしたら、僕らの切り札になるかもしれない」

「切り札？」

「それよりも、君はこの建物の内部のことを摑《つか》んでいるか？」

「いいえ、初めて入ってきたばかり」

「よし、もう少し調べよう。とにかく、問題は武器なんだ。ハガチー事件を起こさせないことだ。ハガチーさえ暗殺させなければ、扶桑光を殺さなくても歴史は変わるかもしれない」

「本当に？　楽観的な見通しじゃないの？」

「そうとも言えないさ」

桜は良美を先導して前へ進みながら、小声で話し続けた。

「いいかい？　僕たちが移動することによって、過去の歴史が少しずつ変わっているんだ。扶桑国も初めに九五年の時点で見た磐石《ばんじゃく》なものから、少しずつ基盤が弱っているような気がする」

「そんなことって、本当にあるのかしら」

「それは、もうすぐ答えが出るよ。われわれが六〇年の革命を阻止すれば、世の中がどう変わるかで」

「でも、本当に歴史は変わるかしら」

良美は動きを止めて言った。

「変わるさ」

桜は断言した。

「本当に、そう自信が持てる？　だって、私たちの世界はもうすでに変わってしまっていたのよ。一九九五年の、あの夕陽のグラウンドで、すでに自由で豊かな日本はどこにもなくって、貧しい弾圧政治の扶桑国しかなかったわ。あの現実が、本当に覆《くつがえ》るのかしら」

「現に覆りつつある」

桜は、あくまで自分の意見を主張した。

「僕たちは、ここにいるじゃないか。生まれる前の僕たちがここにいるということこそ、歴史が変わることへの一つの大きな前兆だよ」

「そうだといいけど」

「とにかく、もう話し合うのはやめだ。いま大切なことは、彼らのテロによる犠牲者を防ぐことだ」

桜はそう言って、あたりをもう一度用心深く見渡した。

3

扶桑光はその頃、同じ基地の地下室でハガチー暗殺計画の最後の確認を行なっていた。扶桑のほかに、垣内率いる実行部隊が五人いる。これはハガチー襲撃のために、全国から選ばれたメンバーで、ほかのメンバーはそれぞれ各地の米軍基地のスクールバスを襲う計画になっている。そして、その実行の合図となるのが、ハガチー暗殺だ。

大きなテーブルの上には、東京都心の拡大図が広げられ、裸電球がそれを照らしていた。扶桑はその上に屈《かが》み込《こ》むと、

「いいか。明日の十三時に、ハガチーの車は羽田空港から国会へ向かう途中、この地点を通る。かねてから計画していたとおり、ここでハガチーの車は学生のデモ隊に取り囲まれ、身動きできないような状態になるはずだ。これが、今度の計画のまず第一の要《かなめ》だ」

扶桑は言った。

「これで、ハガチーの車は動かなくなる。われわれにとっては、実に都合のいい経過だ。そこで、これがいよいよ威力を発揮する」

扶桑が促すと、垣内はテーブルの下から一抱えもある大きな円筒形の武器を取り出して見せた。

「米軍御用達《ごようたし》の小型ロケット砲だ」

扶桑は笑って、

「奴らは、自分たちの武器で地獄へ落ちることになる。このロケット砲は非常に撃ちやすくなっているから、的が動かないかぎり、一発で仕留めることは難しくないはずだ。垣内、それはお前がやれ」

「わかりました」

垣内は頷いた。

「予備のロケット弾も用意してある。だが、もし万一失敗した場合、われわれは二次攻撃に移らねばならない。その場合は、迫撃砲《はくげきほう》と手投げ弾を使う。増田《ますだ》」

と、扶桑は垣内の隣りにいたがっちりした男に向かって、

「お前が迫撃砲を操作しろ。迫撃砲は言うまでもなく、命中させるにはコツがいる。大丈夫だろうな」

「はい。何度か演習をしています」

「よし。残りの四名は、手榴弾《しゅりゅうだん》攻撃だ。言うまでもなく、手榴弾はピンを抜いたら、三秒以内に投げないと爆発する。下手《へた》をすれば、自滅を招く危険な武器だから注意しろ。一人三発支給するが、万一の場合は、最初の一発で仕留めるつもりで投げること」

手榴弾が詰まった木箱が、テーブルの上に置かれた。

「よく見ておけ。これが明日使うタイプだ。支給は、ここを出発直前にする。危険を減らすためだ。それから、明日の出発まで、外出は一切禁止だ。外部との連絡も禁止。いいな。明日の出発は午前十一時とする。各人、英気を養っておくように」

扶桑は全員をジロリと見渡すと、最後に一言言った。

「では、解散」

メンバーは、それぞれ割り当てられている部屋に引き取った。地下室には鍵がかけられ、扶桑も垣内もそれぞれ個室に戻った。

彼らの姿が階上に消えると、物陰から姿を現わしたのは桜と良美であった。今の話は、ドア越しに漏れなく耳に入っていた。

「どうする、これから？」

良美が言った。

「とにかく、武器を調べてみよう」

桜は地下室のドアのノブを引っ張ったが、鍵がかかっているので中に入ることはできない。

「このドアを破って、中の武器を全部始末してしまったらどうかしら」

良美が言った。

「いや、それは難しいな。おそらく、あいつのことだ、ここ以外にも、どこか別の場所に武器を保管しているだろう」

「じゃあ、警察に知らせて、ここを捜索してもらったら？」

「それも難しい。警察は確かな証拠がなければ動かないし、ここのことを通報したとしても、いろいろ調べようとしているうちに、彼らは逃げてしまうだろう」

「じゃあ、どうするのよ」

「とにかく、このドアを破ることをまず考えよう。武器を手に入れなければ戦えない」

桜は言った。

「このドアの錠を壊す？」

「そうしよう。何か道具はないかな」

「持ってきたわよ」

良美は肩からたすき掛けにかけていた革のバッグの中から、ドライバーやハンマーなど工具類を取り出した。

「へぇ、用意周到なんだな」

「当然よ、これくらいのことは。さ、始めましょうか」

　いちばん簡単な方法は、ドライバーで錠前の取付け部分を外し、錠ごと抜き取ってしまう方法だった。桜はそれをやった。ぽっかりと開いた長方形の穴から手を差し込んで、桜は難なくドアを開けた。

「こいつか、問題のロケット・ランチャーは」

　桜はカバーを外して、中身を取り出した。相当に重い。

「これ、そうなの？　映画で見たやつとは違うわ」

「そりゃ、そうだろう。こいつは僕たちの時代よりは、三十年も前の旧式だ。だけど、戦車でも吹っ飛ばす力はある」

「そんなものが使われたら、大変ね」

「まったくだ」

　桜はカバーをかけ、ロケット・ランチャーはそのまま残し、今度はテーブルの下から木箱を取り出した。中には手榴弾がいっぱい詰まっている。桜は蓋をとってしばらく考えていたが、中から二個取り出すと、一個を自分が持ち、もう一個を良美に渡した。

「どうするの、これ？」

　良美が聞いた。

「これで奴らをやっつけようかと思って」

「だけど、明日、彼らがこの木箱を見たら、数が減っているのに気がつくわよ」

「それもそうだな。どうしようか」

「いっそのこと、この建物ごと爆破する？」

「どうするんだ。そんな爆薬はないぜ」

「あるわよ、そこに」

と、良美は手榴弾の詰まった木箱を指さした。

「ピンを抜いて一つをその中に放り込めば、残りも爆発するでしょう」

桜は思わず口笛を吹いた。とんでもないことを考える女だ。

「おかしい？」

「いや、おかしくないけど。しかし、どうなんだろうな。この建物を吹っ飛ばすぐらいの力はあるのかな」

「肝心なのは、扶桑光よ。彼をやっつけなければ、意味がないわ」

話に熱中していたのが、迂闊《うかつ》といえば迂闊だった。その時、突然ドアのほうから声がしたのである。

「そのとおりだね」

桜と良美はびっくりして、そちらを振り返った。そこに扶桑光が、垣内らを侍《はべ》らせて立っていた。その扶桑の表情に、今度は激しい驚きが浮かんだ。

「お前は！」

「そう、君たちに殺された男だよ」

桜は開き直って言った。

「信じられん。垣内！」

扶桑は咎《とが》めるような視線で垣内を見た。垣内も驚いて、

「確かに私は、この男をドラム缶詰めにしました」

「馬鹿者めが。何をしているんだ。本当にドラム缶詰めにしたら、ここにいるわけがないじゃないか。どうやって脱出した？」

扶桑は桜に向かって言った。

「さあね、言ってもたぶん信じてもらえないだろう」

「そうか。言いたくないなら、それでもいい。どうせ、お前はここで死ぬのだからな。さあ、持っているものをテーブルの上に置け」

桜も良美も、ちょうど手榴弾を手に持っていた。桜はそこで、ある決意をした。問題は、良美もそれを受けるかどうかだ。桜はちらりと良美を見た。良美は頷いた。そこで桜は、こちらにやって来ようとしている扶桑たちを制して言った。

「お前たちこそ、近づくな。俺の手にはこいつがある」

と、桜は威嚇《いかく》するように手榴弾を突きつけて見せた。

「お前たち、それを爆発させるとでも言うのか」

扶桑は、余裕を持ってせせら笑った。

「そんなことができるはずがない。すれば、この部屋にいる人間は誰も助からない。それに、お前がピンを抜くより早く、この拳銃がお前のどてっ腹をぶち抜くぞ」

「ぶち抜いたところで、ピンを抜くことはできる。それに、手榴弾を持っているのは、俺だけじゃない。こっちもだ」

そう言って、桜は素早くピンの中に指を差し込んだ。良美もそうした。

「待て！　馬鹿な真似はやめろ」

扶桑が蒼白《そうはく》になって叫んだ。本気だと知ったのだ。だが、もう遅い。

「あいにくだったな。俺たちは、これをするために来たんだ」

桜は良美を見た。

（やるぞ）

良美は頷いた。二人は深呼吸して、同時に手榴弾のピンを抜いた。扶桑が引き金を引いたが、さすがの扶桑もあわてていて、狙いは完全に外れた。桜は手榴弾のいっぱい詰まった木箱の中に、自分の持っていた手榴弾を放り込んだ。

悲鳴が上がった。扶桑たちが我がちに逃げ出そうとした。しかし、もう間に合わなかった。

手榴弾は作裂《さくれつ》し、誘爆を起こしてあたりは大爆発した。

4

二人はまた不思議な、あの赤い空気の中にいた。何か体が奔流のようなものに押し流されていくのを感じている。だが、それも一瞬のことだった。

次の瞬間、桜は近代的なビルの中に立っていた。

「これが原子炉の心臓部です。原子力発電所の心臓部とも言うべき部署です」

ヘルメットを被った男が言った。気がつくと、桜自身もヘルメットを被っている。隣りの良美も同じだ。

「こちらへ来てください」

男は二人を導いた。桜は一瞬、わけがわからず躊躇《ちゅうちょ》した。

「さあ、どうしたんです、こちらへどうぞ」

男はまた言った。桜と良美は二、三歩前に出た。

「普通の人はここまで入れませんけどもね。これが、この原子炉のすべてをコントロールしている、メインコントロール・パネルです。ここにあるのが、非常用炉心冷却装置です」

そこには赤いボタンがあって、プラスチックのカバーが掛けられていた。

「いざとなったら、このボタンを押せば、原子炉は三分以内に停止します。これは最新式の装置ですから、何の危険もありませんよ」

桜はようやく事態が呑み込めていた。あの瞬間、大地震の発生直前に戻ったのだ。ここは「スーパーみらい一号炉」の前だ。

桜はすぐに、為《な》すべきことに思い当たった。桜は一直線に炉心冷却装置まで歩み寄ると、プラスチックのカバーを外し、赤いボタンに手を伸ばした。

「何をする！」

原発広報担当の佐々木は、あわてて桜を止めようとした。その時に、良美が佐々木にむしゃぶりついた。

「早く！」

良美は叫んだ。桜はボタンを強く押し込んだ。アラームが鳴った。それまでメインコントロール・パネルを操作していた技術者が、びっくりして桜のほうを振り返った。

「何をするんだ！」

佐々木は激怒して言った。

「お前たち、いったい何をしたのかわかってるのか？」

桜は佐々木を見た。そして、パネルの前で呆気にとられている技術者のほうに目を向けた。

「駄目だよ、止まっちゃうよ」

その技術者は言った。

「一度止まったら、動かすのにまた一週間かかるぞ！」

技術者は憎々《にくにく》しげに叫んだ。

「あなたたちのせいだ」

佐々木は血相を変えて、桜に詰め寄った。

「いったい、どういうつもりなんだ？　あんたたち、新聞記者じゃないのか？　あの肩書は偽物か？」

「いえ、本物です」

桜は答えた。あくまで、桜は冷静である。

「お前の社を訴えてやる。会社にいられないようにしてやる」

佐々木はそう言って、憤然として部屋を出ようとした。桜は、その肩を摑んだ。

「何をする？」

「あと少し」

桜は言った。

「何だって？」

「あと少しで大地震が起こる」

それを聞くと、佐々木は今度は信じられないような表情で桜を見た。

「頭がおかしいのか、あんたは？」

「もうすぐわかる」

桜は言った。

問題は、それまでに非常用炉心冷却装置がちゃんと働いて、原子炉が止まるかどうかだ。すべては、それにかかっている。

桜と良美にとって極めて長い時間、しかし実際には短い時間が過ぎた。そして、みるみるうちに原子炉は、その炉心を冷却させた。冷却完了を知らせるアラームが鳴って、あたりにいる人間に措置が完了したのを知らせた。すると、その瞬間をまるで待っていたかのように、衝撃があたりを襲った。大地震だ。やはり起こったのだ。

佐々木は度肝《どぎも》を抜かれた。いや、佐々木ばかりではない。そこにいる人々は、すべて仰天した。だが、どんな形にせよ、事前に地震が起きると知っていた人間は、それに対応することができる。桜も良美も、直ちに屈み込んで衝撃に備えたために、けがはしなくて済んだ。ひとしきりの揺れが収まると、もう二人は冷静に戻っていた。地震が続いていたのは、せいぜい五分ぐらいのものであろう。

「爆発はしなかったわね」

良美がほっとしたように言った。

「やっぱり夢じゃなかったんだな」

桜は言った。

「夢？　あのことが夢だったと思っていたの？」

「もちろん、思ってないさ。だからこそ、スイッチを押したんだ」

桜は床にはいつくばり、呆然自失している佐々木を助け起こした。

「あ、あんたはわかっていたのか？」

「わかっていた、と言ったら信じるか？」

桜は苦笑して、

「とにかく、よかったじゃないか。偶然、炉心の緊急冷却装置が働いたんだ。偶然だよ。そのほうが、お互いに報告するにも、話が通りやすいんじゃないの？　もし、冷却装置が動いていなかったら、このあたりは今頃大爆発を起こして、消し飛んでいたかもしれないんだ。そう思うだろう、佐々木さん」

佐々木はがたがた震えていた。実際、その可能性があることを知ったのだろう。

「建物のほうにヒビが入っているかもしれない。念入りに点検することだね。そろそろ津波が襲ってくる頃だ」

確かに津波は襲ってきた。しかし、それは原子炉の外壁に波を一度ぶつけただけで、あとはきれいに引いてしまった。幸いにも、桜たちが乗ってきた車は波を被らずに済んだ。

「早く離れよう。だけど、その前に一つだけ言っておきたいことがある」

桜は駐車場の車の前で、良美を振り返って言った。

「何？」

「結婚しよう」

「えっ？」

「結婚しようって言ったんだ」

「それ、本気？」

「決まってるだろ」

「でも、こんなところで言うのって、ロマンチックじゃないと思わない？」

「それはそうだけど、明日どころか、次の瞬間、どうなるかわからないんだ。こういう大事なことは、早く決めておいたほうがいい」

「そうね」

「返事は？」

「決まってるじゃない。イエスよ」

良美はそう言って、恥ずかしいのか照れ隠しのように先に車に乗り込んだ。

エピローグ

　桜の書いた「スーパーみらい一号炉の『未来』」は好評であった。拙速《せっそく》で始めた戦後五十周年企画も何とか形が整い、強行軍の三カ月が終わると、チーフだった糸山論説主幹は労を犒《ねぎら》うために慰労会を催した。糸山がひいきにしているイタリアン・レストランの一画を借り切っての慰労会だったが、桜はあの日以来、どうも酒に酔うということができにくくなっていた。糸山は仕事を急いでやり遂げたことで社内評価も上がり、上機嫌だった。

「どうした？　浮かない顔じゃないか」

　会がはねて、二次会の場所へ移動するため路上を歩いている時に、糸山が話しかけてきた。

「いえ、そんなことはありません」

　桜は首を振った。

「ま、よく頑張ってくれた。特に今回の企画が成功したのは、君の頑張りが大きい。ありがたく思っているよ」

「それは恐縮です。僕も得難い体験をしました」

本当に得難い体験だった。しかし、その体験のことは誰にも語ることもないし、永久に封じ込められるだろう。良美と二人の秘密として。

「結婚するそうだな、写真部の金村君と」

にやりと笑って糸山が言った。

「そうです。よくご存じですね」

桜はちょっと驚いた。

「まあ、優秀な部下の動向は常に気にかけていなくちゃな。どうだ、君」

ぽんと、糸山は桜の肩を叩き、あたりを見回して、今度は小声で言った。

「僕について来る気はないかね。君なら、将来の幹部として十分な素質を持っていると、私は見ているんだがね」

それも悪くないな、と桜は思った。結婚を決意するまでは、出世などということはまるで考えなかったが、妻《めと》を娶り、そして将来生まれるであろう子どものことを改めて考えると、生涯一記者として突っ張る気持ちも少しぐらついてくるのである。

(いい加減なもんだ)

と、桜は自嘲の笑いを浮かべた。

糸山という人物は、あまり好きではない。学生運動の幹部で、相当危ない橋も渡ったらしいが、逮捕歴もなく、そのことが幸いしてうまく新聞社にもぐり込んだ後は、異数《いすう》の出世を遂げている男だ。

桜は、いわゆる団塊《だんかい》の世代よりもはるかに若いから、学生運動の経験はまったくない。そういう桜に対して、糸山や糸山の同期の幹部連中は学生運動の体験談をこっそりと酒の席で語り、自慢の種にしているのである。そして、そういう連中が桜の勤める新聞社を牛耳《ぎゅうじ》っている。

「どうだね、桜君」

糸山が返事を催促してきた。

「ええ――」

桜が答えようとした時だった。突然、横から酔っぱらいが飛び出してきた。危うくぶつかるところで、桜は身を躱《かわ》した。

〽ここは御国を何百里　離れて遠き満州の――

初老というより、もはや老人といった感じの男だった。相当酔っぱらっていて、気持ちよさそうにその軍歌を怒鳴るように歌いながら、ゆっくりと歩いていった。糸山はそれを見ると、苦々しげに舌打ちして、

「まったく、ああいう奴らにも困ったもんだな」

と言った。

「どうしてです？」

桜は、ふと気になって聞いた。

「決まってるじゃないか。あいつら、侵略戦争をしながら、そしてそれに世代として加担しながら、そのことに対して何の反省もない。そして、事あるごとに、それを自慢の種にして、自分より若い連中をいかにもものを知らない人間のように扱うじゃないか。だいたい軍歌など歌うのは、戦前戦中の行為にノスタルジーを感じても、罪悪感を感じていないということの、証明じゃないか」

「でも、主幹。人間はやっぱり、いやなことでも思い出になってしまうことがあるんじゃないですか。彼らは、彼らなりの青春があったんですから」

「そういう青春を、僕は全否定するね。反省のない人間には、青春を語る資格はないよ」

糸山は自信を待って言い切った。桜は反感を覚えた。

それを言うなら、糸山の世代だって同じことだろう。社会主義の幻想にとらわれて、何の主体性もなく革命運動に没入し、なおかつその前歴を反省もせずに大新聞社の幹部に納まっている。自分たちの「革命」が成功していたら、どんなことになったか、おそらく考えたこともないのだろう。

（彼らや六〇年安保世代に、扶桑のような天才革命家がいなかったことは、まったくの幸いだった。いや、いたんだ。まさに扶桑光という男が。それを抹殺することができなければ、今

頃、この世の中はどうなっていたことか）

「主幹、あなたの世代が革命家として無能だったことは、日本民族にとって幸いでしたよ」

桜は前に行く糸山の背中に向かって、つぶやくように言った。

「何か言ったか？」

糸山は振り返った。

「いえ、何でもありません」

桜は首を振って視線を逸らした。

二人は新宿駅西口の路上を歩いていた。このあたりには、段ボールで自分の「家」を作っているホームレスが多い。そういえば、桜は二年ほど前、このあたりのホームレスの実態を調べるために体験取材と称して、わざわざボロボロの服装をし、彼らに交じって意見を聞いたことがある。彼らの社会は意外に民主的で、リーダーはいるが各人の権利（といっても、どこのゴミをさらうか、テリトリーはどこかといったようなものだが）、それが決まっていて、あまり揉《も》め事《ごと》は多くない。しかし、そんな中にもリーダーがいて、あたりを仕切っている。リーダーはやはり人望のある人間が選ばれるのは、どこの世界も同じで、そのへんがやはり人間の集団というのはどこへ行っても変わらないものだというのを示しているのかもしれなかった。

桜は取材の時のことを思い出していた。

桜が取材したこのあたりのホームレスのリーダーはコウモリさんという男であった。なかなかのインテリで、いつも大きなコウモリ傘を持っていることから、コウモリさんと呼ばれているのである。桜はその男のことを思い出し、その容貌が脳裏に浮かんだ途端、思わず声を上げた。

「どうしたんだ、桜君？」

糸山がびっくりして振り返った。

「すいません、急用を思い出しました」

桜はそう言って、頭を下げた。

「失礼します。申し訳ありません」

桜は踵《きびす》を返して走った。新宿の地下通路である。通路脇に作られた、高さ一メートルもない段ボールの住宅を次々に覗き込んで、とうとう目標の人物に行き当たった。

「コウモリさん」

薄汚れたコートを身にまとい、新聞紙をかけて肘枕《ひじまくら》で寝ていた男は、その声にこちらを振り向いた。

（ああ、やっぱり間違いない）

と、桜は思った。

男はバットマンだった。

あのもう一つの世界では維新党の党首だった男が、ここでは「コウモリさん」なのだ。

男はどんよりとした曇り空のような瞳で、桜を見た。

「あんた、誰だったかね？」

「二年前に取材でお世話になった桜です」

「ああ、記者さんか。何か用？」

男は眠そうだった。

「いえ、近くを通りかかったので、お元気かと思いまして」

「いつも元気だよ。今は季節もいいしね。ただ、もうちょっと寒くなると、身にこたえるんだが」

男はかすかに笑みを浮かべた。

「何かご不自由されていますか。欲しいものは？」

桜は、彼が何を望もうと、持ってくるつもりで尋ねた。

「ははは、そういう考えでいたら、こんなところで寝ちゃあいないよ。日々の糧《かて》と、たまには酒でも飲めれば、それでいいんだ。構わないでおいてくれないか」

男は言った。

「失礼しました。でも、本当によかった」

桜も微笑した。

「何がよかったのかね？」

男は不思議そうな顔をした。

「いえ、何でもありません」

桜は答えると、一礼してその場を後にした。

(良美のところに行こう)

桜は何となく幸せな気分で、夜の町を電車の駅のほうに向かって歩いていった。

「ゆでガエル楽園国家」日本が植民地にされる日

井沢元彦（作家）×百田尚樹（作家）

「未来予言の書」の数々

百田　今回、対談のために、初めて井沢さんのこの本を読ませていただきましたが傑作《けっさく》ですね。こんな面白い本が一九九六年に出ていたとは不覚にも全く知りませんでした。

戦後五十周年の企画のために原発取材に出かけた新聞記者とカメラマン（男女）。すると、いきなり大地震が発生して大津波によって原発が爆発するという出だし。東日本大震災の福島原発事故を先取りしてますね。タイムスリップした先は、取材時（一九九五年）と同じ年なのに、「同志」と言い合う奇妙な国。「ハラショー」「スパシーボ」といったロシア語が飛び交い、北朝鮮のような独裁国家体制になっている。反体制派地下組織名は「維新」という設定。

ジョージ・オーウェルの『一九八四年』を想起させますが、「容共リベラル」の朝日新聞をはじめとする当時のマスコミからは黙殺され話題にならなかったのではないですか？

井沢　今は日本の新聞も多様化してきましたが、あのころは「デイブレイク」（朝日新聞）の天下でしたからね（笑）。一九八九年六月に天安門虐殺事件が起こり、十一月にベルリンの壁が崩壊、九一年にはソ連が解体され、共産主義への幻想は崩れつつありましたが、北朝鮮を賛美する向きはあった。ノドンのミサイルが初めて発射されたのは九三年でしたが、脅威とみなす向きはあまりなかった。拉致だって、「地上の楽園」国家がそんなことをするはずもないという声が朝日を中心に言われていた。いや、状況証拠からして、北朝鮮が拉致をやったのではないかと指摘すると、右翼だの反共だのボロクソに叩かれたものです。私の本も全然評判にならずにポシャりましたよ（笑）。

百田　いみじくも、オーウェルの〝一九八四年〟に、金元祚《キムウオンヂヨ》氏の『凍土の共和国　北朝鮮幻滅紀行』という本が刊行されています。北朝鮮を訪問した人が、この国がいかに酷い独裁国家かを告発した本でした。朝日新聞本体とは一歩距離を置いていた『週刊朝日』が、この本を大きく取り上げたら、朝鮮総連が抗議にやってきて大変だったという。

井沢　共産主義国家を批判したり揶揄《やゆ》する著者の本は、紹介してはいけないという社是《しやぜ》が朝日をはじめとする日本の新聞社にはありますからね。

百田　たしかに、『カエルの楽園』を書評してくれた大新聞は産経だけでした。あとは黙殺（笑）。

井沢　私の『逆説の日本史』シリーズは二十巻を超えて累計五百万部のロングセラーになって

いますが、朝日が書評したことはありません。それにしても『永遠の0《ゼロ》』を書いた人が、『カエルの楽園』を書いたというのは驚きですね。作風が全く違うから。『動物農場』は豚が主人公でしたが、カエルでなくても、ウサギやカメを主人公にしてもよかったのでは？

百田 ヨーロッパの寓話《ぐうわ》って、カエルがよく使われている。そもそもカエルは水陸動き回れる両生類で、食物連鎖の中で、結構、食べられる立場でもある。顔なんかも人間に似た感じがあるでしょう。

井沢 鳥羽僧正《とばそうじょう》の『鳥獣戯画《ちょうじゅうぎが》』でも、カエルがよく描かれていますからね。

百田 この本のカバーには、『ラ・フォンテーヌ寓話』の中の装画「王さまを求める蛙《かえる》」を使ったんですが、『イソップ物語』のような動物に譬《たと》えての寓話・寓意物語を書いてみたいという気持ちはずっと持っていたんです。この「王さまを求める蛙」という作品も実に面白い作品なんです。

――池に住むカエルたちが、ある日、「自分たちには王さまがいないから王さまが欲しい」と神様にお願いする。そこで、神様は、池に大きな一本の杭《くい》を投げ込む。当初、その大きさに畏《い》怖《ふ》を感じて、「立派な王さまだ」と喜んでいたカエルたちも、そのうちに「なんやこの王は動かんししゃべりもせん」と気付きバカにするようになる。神様に、「次は動く王さまをくれ」とせがむ。すると、神様は、一羽の鷺《さぎ》を寄越《よこ》す。すると「今度の王さまは動く、凄い」と喜ぶカエルたち。しかし、その鷺はかたっぱしからカエルを飲み込んでいく。こりゃ、かなわんわと、別の王さまにしてくれと泣きつく。すると、神様はもう取り合わず、こう告げる。「お前たちがくれというからくれてやったんだ。これで我慢しておけ。そうしないと、次はもっとひどい王が来ることになるぞ」と——。

この話は二十代のときに読んで、衝撃を受けました。人類の歴史の中で、古今東西、残忍な王さまの話はたくさんあります。そういう王さまに多くの民衆が虐《しいた》げられてきたという史実もあります。けれどそれは、「もっと強権の王を、もっと素晴らしい王を!」と民衆が望んだから生まれた存在なのかもしれない。スターリン、ヒトラー、毛沢東、ポル・ポト、金日成《キムイルソン》にしても、カエル(民衆)に呼ばれてやってきた鷺みたいなもので、どんどんカエルを食い殺していった。ラ・フォンテーヌ「寓話」が書かれたのはそれよりずっと前の十七世紀ですが、未来予言の書であったともいえるし、民衆は変わらないともいえる。

書くときには特に意識していませんでしたが、いま思えば、物語の主人公をカエルにしたのも、この寓話の記憶があったからかもしれません。

井沢　なるほど、そういう背景があったんですね。

「言霊《ことだま》」に呪われる日本

百田　そもそも寓意小説というのは、言論の自由がないところで、風刺《ふうし》をこめて書く時に使われる手法ですよね。オーウェルが、豚のナポレオン(スターリン)、スノーボール(トロツキー)、メージャー爺さん（レーニン）など、動物を主人公にした反ソ小説『動物農場』を書いたのは一九四五年。当時はまだソ連を美化する空気が強く、どこも出版してくれず四苦八苦しています。

今の日本は言論の自由があるから、寓話にしなければならない社会状況ではありません。それなのに、私が寓話にしたのは、その方がよりリアルに読者に伝わると思ったからです。

実は多くの日本人は朝日新聞が奇妙なことを言っているとは感じていません。それは、大新聞が言っているから、間違いないだろうと思い込んでいるだけのことなのです。しかし、まったく同じセリフをカエルに言わせると、多くの人が、その滑稽《こっけい》さと馬鹿さに気が付きます。またウシガエルに譬《たと》えると、中国の凶暴さがよりわかりやすくなります。これが寓話の持つ力です。

日本や国際状況を、カエルの世界に置き換えて描くと、朝日新聞（デイブレイク）や「三戒（カエルを信じろ、カエルと争うな、争うための力を持つな＝憲法九条）」や中国（ウシガエル）の不条理に悩むツチガエル（日本人）とナパージュ（日本）の未来図が読者に伝わると思ったんです。

井沢　たしかに、日本には一応「言論の自由」があり、国による検閲なんてないから、言論を寓意化せず、ストレートに政府批判をしても、「デイブレイク」を叩いても戦前と違って逮捕される心配はないはずなんです。ところが、私がかつて小学館発行の『サピオ』で朝日の誤報虚《ごほうきょ》報《ほう》を実証的に批判する原稿をよく書いていたら、編集部に「この井沢という作家をおろせ」という「脅迫状」を朝日が送ってきたことがあった。言論機関が批判に対して文句があるなら、言論で反論すればいいのに、誌面で使うなと「命令」するのだから驚きですよ。

百田 そりゃ酷《ひど》いですね。『カエルの楽園』で、もっとも登場回数が多く、もっともセリフが多いのは「朝日ガエル」、いや「デイブレイク」というカエルです（笑）。彼こそ、この物語の陰の主役。書いていて興味深いキャラクターでした。決して、首相や警察のような権力者ではないのに、見えない権力を持っていて、他のカエルたちを巧みに操作する。ウシガエル（中国）の暴虐な行為に対して当然起こりうる疑問を巧みな屁理屈《へりくつ》で薄めてしまう。そして自分の主張こそが正義であり冷静な考えであり良心であると信じ込ませていく。書きながら、どうしてこんなカエルが生まれるんやろう、という問いがつねに頭の中にありましたが、幸いに寓話化しているので、新潮社にはまだそんな脅迫状は届いていない。

井沢 『サピオ』事件の時は、こちらもすぐに、そんな誹謗中傷《ひぼうちゅうしょう》は止めろといった反論の公開書簡を出した。それへの反論はなく、その後は、「井沢は黙殺せよ」ということになったようです。だから、百田さんも「黙殺」、ないしは、なにかスキャンダルがあったら大々的に報道せよということになっているんでしょう（笑）。

そもそもあの小説にしても、そういう朝日新聞に巣くっていた、反米の六〇年安保闘争世代や全共闘世代の思う通りのことが実現していたら、こんな北朝鮮みたいな独裁国家になっていたかもしれませんよ、という揶揄《やゆ》をこめて書いた作品でもあったんです。

彼らは、アメリカの敵にはシンパシーを感じていたけど、愛するスターリンソ連も毛沢東中国も化けの皮が剝《は》がれ、北朝鮮も拉致国家で核ミサイルをぶっ放す国家だということが明らかになった。彼らの思想的な拠点はもはや完全に崩壊しているんですが、奇妙な戒律「三戒《さんかい》（カエルを信じろ、カエルと争うな、争うための力を持つな＝憲法九条）」を未だに金科玉条《きんかぎょくじょう》にして、「ハンニバル三兄弟（陸海空自衛隊）」や「スチームボート（米国）」を敵視しているけど（笑）。

百田　『カエルの楽園』を書いたのは二〇一五年の秋。出たのが一年前の二〇一六年二月。そのあと、米大統領選挙で、トランプさんが米軍をアジアから撤退させるかもなんて言い出して、『カエルの楽園』で描いた「スチームボート」が「ナパージュ」を去っていく出来事が本当に起こるかもしれないと心配もしました。幸い、この前の安倍・トランプ会談を見る限り、安保廃棄は当面ありえないでしょうが、日米関係が今のまま永久に続く保証は何もありません。アメリカの状況が変わって、日米同盟がなくなれば、尖閣などあっという間に中国に取られます。

二〇一六年から、中国は尖閣周辺の領海侵犯をエスカレートさせています。領空侵犯もやっている。また北朝鮮も日本海に何発も弾道ミサイルをぶち込んでいる。日本はそれらの国に対して何の挑発的行為も行っていないのに。

にもかかわらず、朝日新聞をはじめとする日本のメディアの多くは、「冷静に、相手の意図をよく見極めて話し合いをしよう」とばかり言います。「沖縄の米軍基地は要らない」「米軍は出て行け」とはやし立てている政治家や「市民団体」や地元新聞がある。これって、まさしく『カエルの楽園』で書いたことがどんどん現実になりつつあります。自分で書いといてヘンな話ですが、内心怖いぐらいなんです。『カエルの楽園』は一部で「予言の書」と言われていますが、この小説を予言書にしては絶対にいけません（笑）。

井沢 いや、そこのところはちょっと日本人を理解する肝ですね。例えば、百田さんの立場を支持し、『カエルの楽園』の内容も人伝てに聞いているけど、読みたくない、という人が実は沢山いる。つまり、そんな怖い話を読むと、そこに描かれていることが実現するのではないかと恐れている。それがいわゆる日本人の「言霊《ことだま》」信仰なんですよ。

百田 あっ、そうか。「言霊」なんですね。井沢さんの『言霊』『「言霊の国」解体新書』もまた名著ですが、要するに、日本人は、言葉を単なるコミュニケーションの道具とみなさず、霊性があると考えるから、例えば運動会を前にして「雨が降って延期になればいいのに」なんて言う奴がいて、本当に雨が降ってしまうと、そいつが悪いと非難する。そんなのは単なる偶然でしかないのに、不吉な予言（雨が降る）をしたのはケシカランと……。

井沢 そういう「言霊」思想が、現実政治にも幾らでもある。最近だと、福島原発ですよ。万が一、事故が発生した時のために災害用の遠隔操作ロボットを三十億円もかけて開発していた。でも、日本の原発では、チェルノブイリやスリーマイルのような事故は起きないということで、電力会社側はそんなのは要らないということになった。要は「言霊」思想で、ロボットを用意したりすると、反原発派から、日本の原発は事故が発生しないと言っているのにケシカラン、事故が起こることを前提にしているではないかと攻撃されるのを恐れたからなんですよ。

でも、人間が作ったものなら、どんなものでも事故が起こり得る。それへの対策はあらゆる可能性を考えておくべきなのに、「言霊」思想故《ゆえ》に怠《おこた》ってしまった。起きてほしくないことは「言うべきではない」「書くべきではない」ということにもなるんです。

軍隊だったら負ける可能性がある。戦闘で負けて捕虜になったら軍人はどうふるまうべきかも、ちゃんと考えておくべきだった。しかし、戦前はそれを言うと、「わが帝国陸軍、海軍が負けるなどということがあるわけはない。捕虜になるなんてとんでもない」と言われておしまい。負けて捕虜になるわけはないと思っていれば、人間それに備えませんから、結局負けてしまうんですね。

百田　そう、そう。日本とアメリカの海軍の軍艦の運用で決定的に違うことが一つある。米軍艦には必ずダメージコントロール要員っているんですね。爆弾や魚雷を受けたりして火災や爆発等が発生したら、応急措置をして消火するだけでなく、ガス煙を排除したりして被害の拡大を食い止め、負傷者を処置し、さらに故障を復旧し、所要の動力等を供給したりする専門の要員が何百人も乗っている。ところが戦前の日本の軍艦にはそういう要員が一人もいなかった。要は、やられた時に対応するといった危機管理的な発想がなくて、やられなければいいんだという思い込みがまずあったわけです。やられるなんてことをまず考えるのは、ケシカランという「言霊」に縛られていたんでしょう。

井沢　だから、防災にせよ、防衛にせよ、近い将来やってくる可能性のある重大な危機に対して、見て見ぬフリをすればいいのだ、下手に考えたらよからぬ結果になりかねない……といった「言霊」思想の欠陥を小学生の時から学校教育の場でちゃんと教える必要がありますね。防災に関しては、東日本大震災以降、さすがに少しは目覚めたけど、防衛に関しては相変わらず「言霊」思想が根強い。日教組がやっていることは、平和憲法（九条）があれば、日本を侵略する国はありません、安保法制や有事立法を作るのは平和を破壊することになります……といった典型的な「言霊」を子供に押しつけてきたわけですから。

百田　ほんまですね。日教組の親玉だった槙枝元文《まきえだもとふみ》なんか、北朝鮮に行っては素晴らしい国だなんてノーテンキなことを書きつづってもいた。中国や北朝鮮の現実的な軍事的脅威を未だに直視してませんものね、マスコミや日教組は。沖縄の知事や地元紙もそうですよ。中国が沖縄を侵略しようとしている意図を持っているのは、もう誰が見ても明らかやのに見て見ぬフリをしている。中国の艦船が尖閣周辺の領海を毎日のように侵犯している。領空も。これを脅威と感じないなんて不感症もいいところや（笑）。

井沢　昔のお公家《くげ》さんは、苦しい時や嫌なことがあると、とりあえずは目をつぶっていたそうですよ（笑）。そうすると、目の前の見たくないものは見なくてすむわけですから。

百田　困った話やね。

「人民共和国」化する韓国

井沢　でも、日本は、昔よりはマシにはなってきている。私の二十年前の本は全然売れなかったけど、百田さんの本は二十九万部のベストセラーになったし（笑）。政治家や言論人が九条改正を主張しても袋叩きにはされないから。しかし、緊急事態対策の条文を憲法に追加しようという動きは、原発ロボットと同じでケシカラン、不要不急ということになっている。

百田　二十年前にはネットの言論空間がなかった。今はそれがある。だから、朝日や沖縄の地元紙などの「新聞世論」に叩かれても、私を支持してくれる「ネット世論」で対抗もできる。

井沢　トランプ大統領も橋下さんも「ツイッター」で反撃・反論してますからね。

百田　この前も、「虎ノ門ニュース」で、毎日新聞の記事を叩いたら、井沢さんがやられたように「配達証明」が送りつけられて、謝罪訂正をしろと言ってきました。そして、その抗議文も公表することは許さないなんて書いていたから、番組内で全部公表してやりました（笑）。そのことは『WiLL』（二〇一七年二月号）で詳述したのでここでは省きますが、大新聞は、何か気に食わんことがあると、すぐ、訴えるぞなどと脅すのは傲慢もいいところですよ。

井沢　それが韓国になると、国が記者や学者を訴えてくるから怖い。産経新聞の加藤達也《かとうたつや》・元ソウル支局長の朴槿恵《パククネ》をめぐるあのコラム騒動にしても、大統領府の秘書官（金英漢《キムヨンハン》）が、「産経（を）懲《こ》らしめてやる」ということで行なわれたわけです。

幸い無罪放免になったけど、元朝日主筆の若宮啓文《わかみやよしぶみ》氏は、韓国紙東亜日報での連載コラムで、加藤さんのコラムを「(朴大統領に対し)何とも失礼な記事だと感じていた日本人は多かった」「ゴシップ週刊誌の記事みたいだ」と批判していた。韓国の法廷では、その記事を検察側が利用して、加藤氏を貶《おとし》める材料にも使った。

百田　私は、若宮さんから「本(『愛国論』田原総一朗氏との対談本)に書いたことを訂正謝罪しないと訴えるぞ。返信しろ」という趣旨の内容証明付郵便を貰ったことがあります。朝日には反安倍の社是があると若宮さんが語ったと、ある人の本の一節を引いて批判したのが逆鱗《げきりん》に触れたらしい。出版社(ベストセラーズ)はどう対応しましょうと言ってきたけど、私は「そんなの無視しとけばいい」と言って相手にしなかったら、結局そのままになってしまった。

井沢　幕末の江戸幕府みたいなもので、全盛期の権威と権力があった頃が忘れられないんでしょう。すこし脅せば平伏《へいふく》すると思っている。まあセンスが古すぎますよ。

百田　その点、韓国は朝日以上に傲慢《ごうまん》ですね。

井沢　慰安婦問題にしても、韓国の研究者だった朴裕河《パクユハ》さんの著作『帝国の慰安婦』に対して、元慰安婦らが「日本軍と同志的な関係にあった」という記述に対し、「虚偽の事実を流布《るふ》し、名誉を傷つけた」として訴える事件がありましたよね。一応「無罪」判決も出ましたが、金完燮《キムワンソプ》さんの書いた『親日派のための弁明』は有害図書にされたり名誉毀損《きそん》で訴えられて言論弾圧を受けている。孤軍奮闘もいいところでしょう。

加藤さんや朴さんや金さんの裁判沙汰を見るにつけ、この国は、かなり「人民共和国」化してしまったなと感じます。この先、春の大統領選挙で、左派大統領が出現したら、お先真っ暗でしょう。反日、親北朝鮮の路線に完全になってしまいかねない。日韓の慰安婦合意も白紙になり、再びなんでも日本が悪いということになるでしょう。

百田 韓国はもう、行政も司法も法律に則《のっと》ってないですからね。民衆の感情によって司法も歪められている。近代的な法概念がまったくない。

井沢 だから、『「日本」人民共和国』じゃないけれども、日本も一歩間違うとあんなふうになっていたかもしれない。少なくとも北朝鮮は完全に「人民共和国」になってしまった。朝鮮戦争で負けていたら、韓国もそうなっていたでしょう。なんとか休戦に持ち込んで、日本と国交回復をして経済協力を得て、自由世界の一員になったのに、このままだと北朝鮮や中国に吸収されていくでしょうね。その悪影響は日本にも襲ってくる。

かつて日本の左翼人は、日本がソ連や中国に占領されることを望んでたかのような行動に出てましたけど、今日の韓国の左翼の中には明らかにそれを望んでいる連中がいる。さらに、マスコミの多くが、すべて「朝日新聞」みたいになっている。

百田 韓国には、「産経」や『WiLL』がない（笑）。日本を「共通の敵」にして、自らの基盤を形成している。

井沢 日本は、中国とは戦争をしたけど、少なくとも、韓国に対しては、客観的に見ても、鉄道をつくったりインフラ整備したりしている。でも、韓国はそれを認めるわけにはいかない。これは離婚にたとえるとよくわかるんです。日本と韓国、昔結婚して一緒に暮らしていたけど、離婚した。子どもたちに、なぜお父さんと離婚したの、と聞かれた時に、母親は「あの人はいい人だったんだけど……」なんて言えない。「あの人はね、乱暴で目茶苦茶でひとつもいいことがないから別れたのよ」と言わないと独立（離婚）を正当化できない（笑）。

それで、そういう教育をしているうちに、最初のうちはそれは嘘だってことを知ってる年寄りが生き残っていたけど、もうそういう誇張された嘘が「事実」ということになっていき、韓国の子供や若者たちは、日本は悪いという画一的な教育を受けて大人になっていった。

百田　弁護士のケント・ギルバートさんも日本と韓国を別れた男女関係というふうに見立てています。彼は、韓国は別れた元夫（日本）にストーカーのようにまとわりつくのはやめなさいと言うてます（笑）。未だに、慰謝料が足りないとか、もっと手当てをくれとか。協議離婚した夫（日本）からすれば、「お前、いい加減にしろ、バカヤロー」といえばいいのに、ずっと金をせびられ続けている。それなのに、韓国は近所中に、元夫の悪口を言いまくっている。それもウソばかり。

日本人が毅然とした態度を取れないのは、「謝りソング」があるからなんですが。

井沢　『カエルの楽園』に出てくる「我々は、生まれながらに罪深きカエル　すべての罪は、我らにあり　さあ、今こそみんなで謝ろう」の合唱ですね（笑）。「デイブレイク」の洗脳によって、「遠い祖先が過去に犯した過ち」という原罪をお詫びしなくてはいられないのが一部の日本人。だから、若宮主筆のようなコラムも出てくるわけでしょう。慰安婦虚報報道も、その「謝りソング」から生み出されたものでしかなかった。

百田　そうそう。「謝りソング」に関しては、僕はこれ、わかりやすく書いたなと思うんですが、読者の中には「なんのことかわからない」という人もいて（笑）。この歌の背景にあるのは、言うまでもなく「自虐史観」です。GHQに植え付けられた「ウォー・ギルト・インフォメーション・プログラム」そのもの。

日本が、中国と韓国（北朝鮮）との「歴史戦」の大きなテーマとなっているのは、①首相・閣僚の靖國参拝、②いわゆる従軍慰安婦問題、③南京大虐殺、ですよね。しかし、この三つとも、「デイブレイク」こと朝日新聞が発信元というか火付け役みたいな役割を果たしている。普通なら、こんな問題、すぐに、嘘じゃないかということで消火されてしかるべきだった。

しかし、敗戦後、GHQに洗脳されたから、そんな嘘を前にして「あぁー、申し訳ない」となってしまう。最近になって、アメリカはまだ、共和党系の政治家はそうしたことを少しは反省しているけど、日本人のほうは洗脳がまだ解けてない。そこにつけこむ「デイブレイク」は、そんなアメリカと日本が仲良くなることに猛反対するわけですよ。ゴルフばっかりやって、トランプの入国禁止に関して何のコメントもしないと世界の笑い物になるぞと……。

井沢　二月十二日の社説で朝日はこう書いている。

「トランプ氏が大統領令で打ち出した難民や中東・アフリカ7カ国の国民の入国禁止についても、首相は会談では触れず、記者会見で『入国管理はその国の内政問題なのでコメントは控えたい』と語るのみだった」

「首脳会談で首相が力を注いだのは、尖閣諸島の防衛などに米国が関与するとの言質《げんち》を取り付けることだった。その視線の先には、東シナ海や南シナ海で強引な海洋進出を続ける中国がある。だとしても、視界不良の世界にあって、旧来型の対米一辺倒の外交は危うい。共同声明は『日本は同盟における、より大きな役割及び責任を果たす』と明記したが、それは何を意味するのか。きちんと説明されていない。安全保障関連法の運用が始まり、防衛費の拡大傾向も続くなか、自民党などでは米国の要求に便乗するかのような『防衛費増額論』も広がる。だが『日米同盟の強化』だけが地域の安定を築く道なのか」

日本の「防衛費拡大傾向」以上に、中国の軍拡が問題なのに、そういう視点はない。

百田　アジアに位置している日本が、トランプ政権を語る時、ことさらグローバルというか、インターナショナルの目で見る必要はまったくないと、私は思います。

まず、日本にとってトランプは、いい大統領か、悪い大統領か、日本の安全保障にどこまで本気かどうかを見極める必要がある。ここが一番重要なポイントでしょう。だから、アメリカがいま、メキシコやイスラム諸国の入国問題に関して、どういう施策を取っているかということは、日本にとっては二の次でしかない。欧州諸国だって、北朝鮮の核問題や中国の尖閣乗っ取りなど、関心の外でしかない。お互いさまでしょう。日本にとって、最重要でない国際問題にも口を出せと説く「デイブレイク」の底意《そこい》はどこにあるのか？　『カエルの楽園』を読んだ読者にはピンとくるのではないかしら（笑）。

井沢　そんなに中東の難民が心配なら、北朝鮮からの脱北者が、一番近い国境の先の中国に逃げ込んでも、中国が、無慈悲にも北に戻したりしている事実をもっと声高に批判し、日本政府が習近平にクレームをつけるべきだと主張してこそバランスが取れると思いますが、そんなこと、「デイブレイク」が主張してますか（笑）。

百田　主張するわけがない（笑）。

世界中の多くの人はアメリカを自由に入れる公園やと思ってるんですよね。でも、実はその公園は「私有地」。今までは、いろんな人が入ってきて、そこで露天や、屋台を開こうがキャッチボールしようが自由だった。しかし、昔からの利用者（アメリカ人）を追い出してまで、我が物顔に公園を使うような手合いが増えてきたので、持ち主のおっさんが、「おいおい、ここは俺の土地やから、お前ら勝手に入るなよ。特にお前とお前は入るな」とか言いだした。だから、世界中の人が、「おー、無茶言うなよ」と反論するのも分かるけど、双方の言い分はあるわけで、別にトランプやアメリカが一方的に間違ってるわけではないと私は思いますよ。

井沢　日本とアメリカが仲良くなるのを阻止するのは、朝日の、少なくとも論説委員になる知的レベルの人たちにとっては「社是」なのかもしれませんね。だから、そんな屁理屈を社説で書いたりする。

そもそもトランプが大統領になるなんて予想もできなかっただけに、悔しい思いが募《つの》るんでしょう（笑）。

百田　そうそう。トランプさんと安倍さんが仲良くなるのは見たくないんでしょう。民進党の蓮舫さんは、「ゴルフに興じる首相なんか見てても誇りを感じない」とか言うて、怒ってますよね。でも、一日二十七ラウンドもゴルフで回ったというのは両国の親善を深める意味ですごい有効なことなんですよね。二時間、食事を交えて懇談するのと違いまっせ。ここまで打ち解けられた日米首脳は初めてじゃないですか。むしろこれは誇らしいことなんですよ。

井沢　ゴルフは、対等な人間がやるスポーツですからね。

百田　トランプさんが打って、安倍さんはずっとキャディやっとったら、これは大問題になるけど、そうじゃない（笑）。

尖閣・沖縄は中国のものになる？

百田　最後に『「日本」人民共和国』の話に戻りますけど、こんな一節がありますね（百十一～百十二ページ）。

清水幾太郎を想起させるかのような岩清水鬼太郎のようなアジテーターの言うことを信じて「本当に安保を粉砕すれば世界の平和が来ると思い込んでいた」「特に許せないのは、憲法学者どもですよ。法律を学んだものならば当然のこととして、独立国にはその独立を守るための軍隊が必要だということは、当然の原理として知っているはずです。それなのに、彼らは日本国憲法こそ平和の礎《いしずえ》などと主張して、日本の軍備を徹底的に罪悪視する方向に物事を持っていった。だからこそ、われわれはソ連軍が上陸した時、何もできなかったんです。その前に牙《きば》を全部抜かれていましたからね」と後悔する人が出てきますね。勿論、韓国も潰《つぶ》されており、朝鮮半島には「朝鮮国」一国しかないことになっている。

これって、明日の日本、少なくとも沖縄を暗示しているといえますね。井沢さんの本は、とにかくいまこそ読んでほしい本ですね。日本人にも韓国人にも。この前、都知事選に出た安保法制大反対を叫んでいた鳥越某なんかにも読ませたい。あんたたちの言うとおりやっていたら、こんな風になっていたんじゃないかと。北朝鮮みたいになっていたよと。まぁ、その北朝鮮みたいな国のほうがいいという人もいるかもしれませんが（笑）。

井沢　朝日新聞以上に問題なのは日教組ですよね。彼らの教育は、単細胞的な偏見を与える教育なんですね。例えば、戦争は絶対だめだから、戦力・戦争放棄の平和憲法は正しいんだ、軍事力はゼロがいいんだよと。これ以外の考え方をするなということで、洗脳教育なんです。軍事バランスを保って平和が維持されてきているという現実を無視して平然としている。教育者がいちばんやってはいけないのが、こういう洗脳教育ですよ。

だから、「オウム真理教」ならぬ「憲法真理教」と呼ぶしかない（笑）。そんなおかしな教育を戦後ずっとやってきた。その弊害は未だに残っている。国歌「君が代」を歌うのも思想良心の自由をおかすなんて冗談もほどほどにすべきですよ。私だって、北朝鮮の国歌がサッカーなどの大会で吹奏されれば、一応起立しますからね。国際儀礼として当たり前のことでしょう。それをまず教えなきゃ。

百田　いやあ、今もいますよね。朝日の投書欄によく出ている。国歌を聴くと戦前の日本を思い出すって、戦後生まれの人が（笑）。「あんた、前世の記憶があるのか」って言いたくなる（笑）。「軍靴《ぐんか》の音が聞こえる」という人もいる。そんな人には「幻聴《げんちょう》だから、早く耳鼻科に行きなさい」とアドバイスしたくなる（笑）。

井沢　日本の国歌というのは実はたいへん素晴らしい国歌で、相手の幸せを祈る歌なんですよ。ところがフランスや中国の国歌は戦いの、文字通り、戦争讃美の内容でしかない。

百田　勇ましいですよね。フランスは「行こう 祖国の子らよ　栄光の日が来た！（中略）聞こえるか　戦場の　残忍な敵兵の咆哮《ほうこう》を？　奴らは我らの元に来て　我らの子と妻の　喉を掻《か》き切る！」。

中国の国歌はこの通り。「中華民族最大の危機、各々今こそ最後の咆哮の時。起て！　起て！　起て！　我らは一心同体、砲火の中を進め！　砲火の中を進め！」ですよ。北朝鮮は……まぁ、もういい（笑）。

いやぁ、この国歌なら、たしかに軍靴の音が聞こえてきますよね（笑）。

井沢　アメリカの国歌は「わが祖国に永遠あれ」と。まさにアメリカ・ファーストの歌で、ほかの人の幸せを祈る国歌なんてどこにもないですよ。まあ、それが嵩じると『カエルの楽園』みたいなことになっちゃうんだろうけどね。

百田　いや、日本のほんとにひたすら平和を守るという日本人にありがちな態度は、井沢さんの指摘される通り「憲法真理教」故なのかもしれませんね。だから、中世のキリスト教の神学者と「五十歩百歩」の憲法学者がのさばって、高説を垂れることになる。

中世の神学者は、聖書に書いてあることは絶対正しい、だから、あとはこれをいかに解釈するかにすべてを賭けた。それゆえに、聖書が間違ったことを書いているだなんて発想は一切ない。そのために、キリスト教世界では、なかなか科学も発展しなかった。進化論も、聖書に反するからダメとなる。未だにアメリカなどでは、そういう原理主義が残っているといいますが、中世に比べたらそういう聖書の呪縛《じゅばく》は薄らいでいる。

日本も、ソ連、中国への幻想がかなり消え、北朝鮮も拉致問題で完全に見限った。弾道ミサイルを次々日本海に向けて発射し、兄弟をも暗殺するような独裁者の君臨する国家を危険だと思わない日本人はいないでしょう。「憲法真理教」の信徒数は、日教組の組織率同様、低下逓減してきてはいる。しかし、沖縄県だけを見ると、まだ信徒が多い。社民党もあるし、本土でやっていけなくなった左翼の活動家が一斉に沖縄に移住し、反米基地闘争に執念を燃やしている。
井沢　なにしろ、沖縄の地元二紙（沖縄タイムズと琉球新報）は、朝日以上の「憲法真理教」的原理主義ですからね。両紙に比べれば、朝日なんか右翼新聞に見えるぐらい（笑）。
百田　双子の新聞ですよね。会社の規模も発行部数もほぼ一緒。書いている内容も同じ（笑）。完全に足並みそろえています。
井沢　現実問題として、沖縄が、仮に独立宣言して自衛隊や米軍を追い出したら、待ってましたと中国が来るでしょうね。
百田　はい。もしそうなってきたら、まさに『カエルの楽園』の世界ですね。それを見て、本土が九条を改正して……というわけにはいかないでしょうね。その時はもう手遅れ。もし沖縄を取られたら、日本は終わると思います。つまり、沖縄を取られるということはどういうことかというと、日米安保が半ば破棄されてる状況なんですよ。ほぼ完全にアメリカが日本から手を引いて、もう、わしは防衛しないからねという前提になっている。
ですから、私はドミノ理論はあんまり好きではないけど、尖閣を取られたら、次は沖縄の番だと思っています。中国が尖閣を取ると、少なくとも三年以内に大軍事基地をこしらえて、そこから台湾と沖縄を睨みつけるミサイル基地を作るでしょう。そうすると沖縄の米軍の兵隊たちは、直撃ミサイルが瞬時にくるとなると、これはヤバいということになってきてグアムかハワイまで後退しようかということになりかねない。

ともあれ、原発事故に対処するのと同様に、あらゆるシナリオを考えて対策を講じておく必要があります。今、日本は、思想的にも地政学的にも戦後最大の危機を迎えているという覚悟を我々日本人も持つべきです。憲法九条だけでも、侵略戦争は変わらず放棄しても国防軍は認め、自衛戦争はやるという程度に「カエル」べきですよ。

パクったのかな(笑)

井沢 江戸幕府も、黒船が頻繁にやってくるようになって、その対策をしなくてはならないのに怠《おこた》っていた。そしてペリーがやってきて、「太平の眠りを覚ます蒸気船」ということになって大慌て。いまと同じように「平和ボケ」していたんですね。そのため、なし崩しで開国し、不平等条約を押しつけられ、金銀の交換比率の国際常識の知識もなく、国富が大量に流出してしまった。同じ過ちを繰り返すことになりかねない。

戦後の「黒船」は北朝鮮のミサイルとも言えます。九三年にノドンが初めて発射された時、後のテポドンなどに比べれば性能もたいしたことはなかったのですが、日本にとっては明白な脅威でした。北は、ミサイルでなく人工衛星の打ち上げだとうそぶいていましたが、それを真に受けていたひとたちもいました。九三年十月二日付け朝日は「ニュース三面鏡」で、防衛庁の制服組の情報担当者による勉強会で、「命中精度は悪く、政治的に使われれば影響が出るといった程度」「ミサイルといっても大砲の砲弾程度の搭載がせいぜい」という発言があったと書き、まるで脅威ではないかのような報道をしていました。いまはさすがに、そんなノーテンキなことを言う人は朝日にもいないでしょうが（笑）。

百田　いや、二〇〇二年のQ&Aで、北朝鮮のミサイル実験に対する問い合わせとして「もしミサイルが日本に撃ち込まれたらどうなるんですか？」という質問に対して、朝日は「一発だけなら誤射かもしれない」と回答しているんです。だから、一発だけならただちに反撃するのはよくないというわけですよ（笑）。こういうノーテンキな対応は、『カエルの楽園』でも出てきます。「ガルディアン」（民主党）が、「ウシガエル」（中国）がどんどん草原に入ってくるのを見て、どうしようと困惑するのですが、「デイブレイク」（朝日）が、慌てるな、落ち着け、ウシガエルがなぜ入ってきたか理由をまず確認しなくてはと諭《さと》すんです。いまも同じように侵略者を思いやるようなことを朝日は主張している。例えば、中国軍艦が昨年六月九日未明に尖閣の接続水域に進入した時、社説（六月十一日）でこんなことを書いていた。

「尖閣に中国艦」「日中の信頼醸成を急げ」と題して、「日本政府の抗議を、中国は真剣に受け止めなければならない」と書いたあとは、「肝要なのは、危機をあおるのではなく、目の前の危機をどう管理するかだ」「留学生など市民レベルの交流も、もっと増やしたい」「対話のなかで、お互いの意図を理解し、誤解による危機の拡大を防ぐ」「求められるのは、日中双方による地道な信頼醸成の取り組みである」と説いているだけ。

実はこれとほとんどそっくり同じセリフが『カエルの楽園』の中にある。朝日新聞の論説委員は、『カエルの楽園』を愛読していて、そこからパクったのかなと思いましたよ（笑）。

井沢　沖縄で辛うじて希望があるとすれば、最近の市長選挙（浦添《うらそえ》市・宮古島）で翁長《おなが》知事が押す候補が敗れたことです。沖縄には十一の市がありますが、知事側についているのは、これで那覇と名護だけになった。残りの九市は、政府を支持していますから。「新聞世論」に惑わされないサイレントマジョリティが、ノイジィマイノリティを駆逐することを祈るばかりです。

百田尚樹著『カエルの楽園』（新潮社・2016年刊行）

（内容紹介）安住の地を求めて旅に出たアマガエルのソクラテスとロベルトは、豊かで平和な国「ナパージュ」（日本?）に辿り着く。そこでは心優しいツチガエル（日本人?）たちが、奇妙な戒律「三戒（カエルを信じろ、カエルと争うな、争うための力を持つな＝憲法9条?）」を守って暮らしていた。だがある日、平穏な国を揺るがす大事件が起こる――。ツチガエルの生域を徐々に浸食してくる凶暴なウシガエル（中国?）を相手に、何があっても大丈夫とばかりに宥和的な態度を示し、ハンニバル三兄弟（陸海空自衛隊?）や「スチームボート」（米国?）を敵視するデイブレイク（朝日新聞?）。さまざまなカエルが、それぞれの立場から蠢く。ジョージ・オーウェルの『動物農場』を彷彿させる二十一世紀最良の寓意小説。

新装版のためのあとがき

この小説は今から二十一年前に書いたものですが、今回再刊するにあたって、誤植等を直した以外は中身にはいっさい手を入れていません。二十年以上も経過すると色々と予想と違ったことも出てくることは出てくるのですが、それをうまいこと誤魔化《ごまか》そうなどというような、なんというか「卑怯」なことはしたくなかった、というのが正直な思いです。

卑怯と言えば最近極めて腹が立つのは、北朝鮮の脅威を当然のように語っている一部のマスコミの論説委員や記者、あるいはその出身の評論家たちです。

もちろん、北朝鮮の脅威を否定しようとなどというつもりはまったくありません。話はむしろ逆で、私をも含め心ある人たち、真実をそのまま見る能力のある人たちは、二十年どころかもっとずっと前からあの国は危険だと言っていました。ところがそうした正しい予測をしていた人たちに、罵声《ばせい》や嘲笑《ちょうしょう》を浴びせた人々がいます。その典型的な例をお目にかけましょう。

「打ち上げたのは、兵器ではなく、人工衛星だったという。まことに結構だ（だったら早く言え！）。

本当だったらいい教訓だ。精密を誇る米国の偵察システムは一度の恥、日本の防衛庁などは、二重三重に恥をかく。それもまた結構。

ただ『将軍の歌』とか流さないでもっと気の利いた歌を流したら。例えば山本リンダの『困っちゃうな』とか、ベルディの『行け、わが思いよ、金色の翼に乗って』とか」

朝日新聞東京夕刊コラム「素粒子」（一九九八年九月五日）

北朝鮮のミサイルは最初から日本あるいはアメリカの領域に届く能力を持っていたわけではありません。最初のうちは日本にすら届かず、手前の日本海に落ちていました。しかし、いずれは世界平和の脅威になることは明らかでした。九八年八月のミサイル発射では、第一段目は日本海に、第二段目は太平洋に落下しました。日本上空を事前通告なしに大気圏外とはいえ通過したのです。だから日本の防衛庁（当時）やアメリカは北朝鮮の脅威を広く国民に訴えました。

ところが、それを苦々しい思いで見ていたのが朝日新聞です。朝日はずっと共産主義国家を「平和勢力」で「労働者の天国」であるかのような報道していましたので、北朝鮮が軍事ミサイルの開発に踏み切ったのは、「嘘がバレる」極めて都合の悪いことだったのです。それを見透かすように北朝鮮は九八年の実験の少し後に、あれは平和目的の（音楽も流している）人工衛星の実験だった、と発表しました。もちろん大嘘ですが、軍事専門家の中で、その言い分を是認したりした者がいたので、喜んだのが朝日新聞で、このコラムを読めばそのハシャギぶりがわかるでしょう。彼らは本当に世界平和を心配している人たちを嘘つき呼ばわりして「恥をかく」と罵倒《ばとう》し嘲笑したのです。

そして、いま、相次ぐ北朝鮮のミサイル発射について、安倍首相が、国会で「北朝鮮がサリンを弾頭につけて着弾させる技術を保有している可能性がある」と指摘したところ、二〇一七年四月十四日朝日夕刊の「素粒子」は、こう書きました。

「シリアと同じだと言いたいか。北朝鮮がミサイルにサリンを載せられると首相。だから何が欲しい、何がしたい」

なんという高飛車で無礼、しかも肝心の日本国民の安全を無視した物言いでしょう。こうなると「朝日新聞よ、ついに頭がおかしくなったのか！」と言わざるを得ません。よくこれで他者の「暴言」を批判できますね。

念のために言いますが、朝日新聞社も大勢の記者を抱える大新聞社ですから、その中には当然無能力な人間もいるし悪人もいるでしょう。大組織である以上それはさけられません。しかしこの「素粒子」を書いた記者は違います。これは朝日新聞を代表するコラムであり、日本を代表する良識的なコラムだと信じている人もいまだにいます。だから、このコラムの筆者は朝日の記者の中でも何千人の中から選ばれたエリート中のエリートであり、そのエリートが書いたコラムはまさに当時（そして今も）朝日がどのような姿勢で北朝鮮問題を報道していたかを典型的に示すものなのです。

「後悔先に立たず」ですが、ミサイルがまだ日本にも届かない段階で日本人全体が北朝鮮の危険性を認識し団結してこの問題に取り組んでいれば、現在のようにいつミサイルが飛んできて何千人もの日本人が犠牲になるかもしれない、などと怯《おび》える必要はなかったかもしれません。おわかりでしょうが、日本人がそうした方向で団結することを徹底的に阻《はば》もうとしたのが、朝日新聞に代表される「進歩的マスコミ」「進歩的文化人」でした。

「彼ら」は本当に世界平和を心配している人を「嘘つき」にしようとしました。右のコラムにある通りです。ではなぜそんなことをしたのか?

「彼ら」にとって一番大切なものは日本国憲法第九条つまり「平和憲法」だからです。日本は「戦力を決して持ってはならない」という憲法を、「彼ら」は徹底的に守り抜くことが絶対の正義だと思っています。「彼ら」にとって一番困るのは「そんなこと言ったって日本の周りには危険な国家があり、いつ攻撃されるかわからないじゃないか」という反論です。

　こうした正論を唱える人たちの口を封じるためには、北朝鮮の主張があくまで正しく、正論を唱える人間を嘘つきとか軍国主義者といって貶《おとし》めることが必要だったのです。私もこうした新聞を頭から信じている人々から、軍国主義者とか人間の屑《くず》とか罵声を浴びせられた経験もあります。

　しかし、今は日本人の誰もが納得しているように、本当は正しいのはわれわれで、朝日新聞ではありませんでした。

ところが、その後輩たちは新聞の紙面やテレビ、ラジオで、北朝鮮の脅威を昔から認識していたような「したり顔」で記事を書いたり解説したりしています。正しい見解を示し的確な報道をした人々を、先輩たちが罵倒し嘲笑し嘘がばれても謝罪すらしなかった、という事実を知っているのか無視しているのか、それとも先輩のやったことには責任がないと思い込んでいるのか。いずれにしてもまともなジャーナリストの態度ではありません。

しかも彼らはこの期《ご》に及んでまだ「平和憲法を変えるべきではない」と主張しています。北朝鮮は「日本が焦土になるぞ」と脅しているのです。単に脅しているだけではなく、北朝鮮にはアメリカにはまだ無理でも日本全土を攻撃する能力がすでにあります。ここで日本国憲法九条を完全に守りイージス艦やミサイル迎撃システムのようなものを放棄してしまえば、万一ミサイル攻撃があった場合何千人何万人の死者が出るでしょう。逆に言えば、それを少しでも減らすためには戦力を保持するしかない。

後輩たちは一体気がついているのでしょうか？　この状況で「憲法を変えるな」と主張することは、論理的に言えば「憲法を守るためには日本人の一人や二人、いや数千人が死んでもやむをえない」と言うことでしょう。そもそも憲法とは国民を守るためにあるのだし、どんな崇高な理想であれ「そのために国民が犠牲になってもかまわない」と考えることは絶対に許されない。それが民主主義というものです。つまり今の時点で憲法九条を絶対に守れと主張することは、他ならぬ憲法と民主主義の根本に反対することなのに、まるでそのことに気が付いていない。後輩たちは戦前の大日本帝国は「天皇のために死ね」というトンデモナイ国家であったと批判するが、それなら「平和憲法のため死ね」ならいいのか？　よく考えれば中学生でもわかる話です。

真実を報道し民主国家の主権者である国民が物事を的確に判断できるようにするのがマスコミ本来の使命です。しかし「彼ら」は真実ではなく虚偽を流すことによって、日本人を洗脳しようとしていました。だが、日本人は賢明でしたから「彼ら」に洗脳されなかった。本当によかったと思います。ちなみに、お隣の韓国ではそれがかなりの部分で成功しています。

では、日本で、もし「彼ら」の洗脳が成功していたら一体どういうことになっていたか？　それを小説として書いてみたのが、この作品です。もちろん「彼ら」にとっては極めて都合の悪い予測ですから、全力をあげてこの小説を抹殺しようとしました。だから、たいして売れませんでしたし、内容についても、「彼ら」からはバカよばわりされました。しかし、幸いワック出版社のご厚意で再刊することが出来ました。

本当にバカなのはどちらだったか、読者のみなさんに判断していただければ幸いです。

二〇一七年六月吉日

井沢元彦

解説　今こそ浮かび上がる悪夢のシナリオ

稲垣《いながき》　武《たけし》（ジャーナリスト）

この小説は、原子力発電所を取材中の新聞記者と女性カメラマンが大地震に遭遇《そうぐう》し、原子炉が爆発したショックで、パラレル・ワールドにある別の日本に時空を超えてタイム・スリップするというSF仕立てながら、一種の政治小説といっていいものである。

主人公らが迷い込んだ別の日本は、いまの北朝鮮（朝鮮民主主義人民共和国）と酷似《こくじ》した独裁国家で、扶桑光《ふそうひかる》という独裁者も、その性格、行動、生活ぶりなど金正日《キムジョンイル》総書記そっくりである。日本は有史以来、朝鮮半島と関わりが深く、日本人の先祖の大きな部分も、朝鮮からの渡来民《とらいみん》だと推測されるから、日本人のエトスは朝鮮民族のそれと類似した点が多い。従ってもし日本に独裁国家ができるとすれば、北朝鮮型になる可能性が高い。件《くだん》の独裁者も朝鮮人と日本人の混血であることが示唆《しさ》されているからますますその確率は高くなる。巧みな設定といえよう。

ところで、日本が独裁国家になった発端《ほったん》は、六〇年安保闘争だとなっているが、では当時の日本に革命が起こる蓋然性《がいぜんせい》はどれほどあったのだろうか。岸内閣が策した日米安保（日米安全保障条約）改定に対する反対運動が盛り上がり、一九五九年三月末、安保改定阻止《そし》国民会議が結成され、四月十五日に第一回の統一行動が組織され、五九年中に十回、六〇年には十三回の統一行動が行われ、全国各地で集会やデモが催《もよお》された。

特に新安保条約の国会採決が迫った六〇年五月には、連日のように国会周辺をデモ隊が取り巻き、騒然とした空気となった。そして六月四日、安保改定阻止第一波実力行使があり、国鉄の時限ストや大衆動員による集会・デモが全国規模で行われ、主催者の総評の発表では五百六十万人が参加したとされ、まさに革命前夜の様相を呈《てい》した。

そのなかで起こったのが、六月十日の、アイゼンハワー米大統領訪日の打ち合わせのため来日したハガチー新聞係秘書を、羽田で学生と労働者のデモが取り囲み、ハガチー秘書が海兵隊のヘリで脱出したという事件である。小説ではこのとき、ハガチー秘書が乗った車をテロリスト組織がロケット砲で攻撃し殺害、さらに駐留米軍家族に対するテロを続け、遂《つい》にアメリカは日本から手を引き、その空隙《くうげき》に乗じて六〇年後半にソ連軍・北朝鮮軍が日本に侵攻、傀儡《かいらい》政権を樹立したことになっている。

しかし日本にはそのような革命は起こらなかった。それは社会党・共産党といった旧左翼と、学生を主体とした新左翼の間に深い亀裂があり、旧左翼は新左翼の全学連主流派をトロツキストと攻撃、その過激な行動を、国民の反感を招き運動を分裂させるものだと事ごとに批判したからである。新左翼も当時はまだ、過激な行動はそれによってマスコミの注目を集め、大きく報道されることで国民の意識を覚醒《かくせい》させるといった効果を狙ったものに過ぎなかった。彼らが連合赤軍《せきぐん》のような、テロそれ自体を目的とし、軍事行動で革命を成就するという、究極の革命幻想に浸《ひた》り出したのは、六〇年安保闘争の挫折《ざせつ》が契機《けいき》であった。

国民の意識も変化していた。五九年から六〇年にかけて、日本は「岩戸景気《いわとけいき》」と呼ばれる有史以来の好況にあり、経済成長率も毎年、一〇パーセントを超えていた。インフレを上回る実質所得の上昇があり、テレビ・電気洗濯機なども急速に普及、国民は戦後初めての豊かさを享受《きょうじゅ》し、中産階級意識が広まりつつあった。こんな状況では、国民の大部分に革命を待望するムードなど起こるわけがない。

しかし、平和希求と、漠然とした戦争への不安は確かにあった。また国内に米軍基地が存在することへの心理的な抵抗はあり、何か事件が起こると殊更《ことさら》にセンセーショナルに報道するマスコミも国民の不安を煽《あお》った。安保闘争の前駆《ぜんく》として頻発《ひんぱつ》した反基地闘争も、そういった心理的基盤があった。

その国民心理につけこんで、日米安保は戦争を招き寄せる悪魔の同盟だと宣伝これ努めたのが進歩的文化人らと社共の左翼政党である。この宣伝はインテリや疑似インテリのマスコミ、日教組《にっきょうそ》の教職員、学生などに多大の影響をもたらしたが、インテリでない庶民には彼らの宣伝に動じない醒《さ》めた現実主義がある。日本の共産主義革命を阻《はば》んだ最大の要因はそれであったが、その現実主義は何かの原因でパニックが起こったとき、崩壊する。

パニックが起こる最大の要因は経済の破局である。生活水準が大幅に下落《げらく》、人々が未来への希望を失ったとき、庶民レベルでも革命を待望する気分が生まれる。もし、六〇年安保当時、日本経済が現在のような出口の見えない長期不況に喘《あえ》いでいたなら、安保騒動は手のつけられないほど拡大し、日米安保廃棄《はいき》もあり得たかもしれない。革命はマルクス主義者が説《と》くような「歴史の必然」ではなく、時代の気分と偶然的要素の集積から起こるのである。

小説では、日米安保廃棄に乗じて、ソ連・北朝鮮軍が侵攻したことが、独裁政権誕生をもたらしたとしている。それは妥当《だとう》で、日米安保廃棄はただちに共産主義革命にはつながらない。戦争への不安から安保廃棄に賛成した国民も、共産主義政権の誕生は望まないからだ。共産政権は侵攻した共産国の軍隊の武力を背景に生まれる例が通常であり、それは第二次大戦後、中国・ヴェトナムを除く東欧や北朝鮮で起こったことだ。

では、日米安保廃棄という軍事的真空に乗じて、ソ連・北朝鮮が日本に侵攻する危険はあっただろうか。それは十分にあり得た。日本の左翼政党や彼らのスピーカーであった進歩的文化人らが、日米安保に代わるものとして提示したのが非武装中立なのだが、それはソ連・中国の利益に完全に合致していた。ソ連・中国は日米の安保改定交渉が始まるとただちに新安保条約を侵略的意図を持つものと攻撃し、あいついで日本の中立化を望むとの声明や覚書《おぼえがき》を発表した。それは真に日本の中立を望んだからではなく、それによって日米同盟を破壊し、日本からアメリカの軍事力を排除しようとする意図からであった。

従って、もし日本が中立化すれば、アメリカの介入がないと見極めたうえで、日本の中立化の基礎が固まらないうちに、早期に侵攻し支配下に置くという戦略は彼らにとってベストであったことは推測できる。強大なアメリカと同盟した日本は、その戦略的位置からソ連・中国のアジア覇権《はけん》にとって目の上のタンコブであり、日本を手に入れることで太平洋へ乗り出し、アメリカを脅《おびや》かすという世界戦略の要《かなめ》でもあったのである。

日本の左翼政党自体、当時は彼らの走狗《そうく》であった。それはソ連・中国から有形無形《ゆうけいむけい》の援助を受けていた事実からも明らかである。進歩的文化人らもソ連・中国から大名《だいみょう》旅行めいた招待を受け、感激のあまり歯の浮くようなお世辞《せじ》を吐《は》き散《ち》らすのが常だった。彼らの唱《とな》えた非武装中立の意図がどこにあったかは想像に余りある。

左翼政党・進歩的文化人らはまた、事ごとに平和を唱え、平和運動を組織した。しかし彼らの運動のほとんどが、ソ連の息のかかったものであったことは、今や周知の事実である。この全世界で組織された平和運動は、一九四七年九月、コミンフォルム第一回会議で平和共存と平和擁護《ようご》闘争を訴えたソ連のジュダーノフ報告に淵源《えんげん》を発し、四九年一月の第三回会議での、ソ連共産党の理論指導者、スースロフの第三回報告でその路線が具体化され、さらに五〇年三月のストックホルム・アピールで急速に組織化された。ソ連が世界に平和運動を組織したのは、それによってアメリカの核の優位を封じ込め、全面戦争の脅威《きょうい》をかわしながら、世界の共産化を進めるためであった。

日本の左翼もその戦略の走狗となったわけだが、その真実は覆《おお》いかくし、平和という謳《うた》い文《もん》句《く》で善意の人々を欺《あざむ》いてきた。しかし日本国民の大多数は、彼らのかぶっていた「羊の皮」にいかがわしさを感じ、彼らの署名運動に応じることはあっても、選挙では必ずしも左翼政党に投票はしなかった。日本の共産化という悪夢が正夢《まさゆめ》にならず、破滅へ導くハーメルンの笛吹《ふえふ》き男らの笛には踊らされなかった。日本が北朝鮮のようにならなかったのは、歴史の偶然がもたらした幸運と、物言わぬ庶民の英知であったといえよう。

この小説には、こうした笛吹き男らの群像が出てくる。三白眼《さんぱくがん》のデブで関西弁で演説する小《お》田原信《だわらまこと》という名の人民共和国首席広報官、日本人を骨抜きにし、ソ連軍を招き寄せるのに功があった、情緒に訴える演説のうまい評論家の岩清水鬼太郎《いわしみずきたろう》、そしてかつてシベリア抑留捕虜《よくりゆうほりよ》からの、ソ連体制と収容所の実態を暴露し、ソ連に屈してまで自分たちの帰国の実現を図《はか》らなくてもいいとの、日本国民にあてた手紙を預かりながら握りつぶした（訪ソした旧左派社会党員がこのような所業をしたのは事実）元社会護憲党議員で、革命後は独裁政権のスパイになっている入間田某《いるまだなにがし》など、読者には誰の戯画《ぎが》化かすぐわかる仕掛けになっている。それを読みながらニヤリと笑うのも、この小説の楽しみの一つである。

笛吹き男とその末裔《まつえい》たちは、いまも衣裳《いしよう》を替えてしぶとく生き残っている。さすがに日本や世界の未来について語ったり、共産主義国を礼賛《らいさん》したり、あからさまに革命を謳歌《おうか》したりはしないが、社会・教育問題や環境問題については、テレビ・新聞などのマスコミでわが物顔《ものがお》に発言している。

彼らのふりかざす錦《にしき》の御旗《みはた》は、「人権」であり「環境保全」である。彼らのいう「人権」とは、犯罪者や非行少年の人権であり、それは百パーセント守らなければならないとする一方、被害者の人権については一顧《いっこ》だにしない。彼らの視点からすれば、犯罪こそ社会の矛盾《むじゅん》の象徴であり、社会の矛盾を身をもって暴いた犯罪者こそ英雄なのだ。これはかつて、過激派が犯罪者こそ革命家の陣列に加えるべきものと称揚《しょうよう》、単なる強盗殺人犯を、海外での大使館占拠によって日本政府を脅迫して超法規的に釈放させたことにつながる流れなのだ。

それは神戸の児童連続殺傷事件の犯人である少年を、「ダーティー・ヒーロー」と囃《はや》し、少年の犯行声明文を「中学生にとっての聖典となった」と持ち上げることで極限に達した。その意図は正常と異常を倒錯《とうさく》させ、社会秩序を保つ骨組みである価値観や規範すらとめどなく相対化して、社会を混乱に導き、解体を図ろうとするにある。

また環境問題では、環境保全こそすべてに優先するというドグマをふりかざし、社会にとってどうしても必要な施設、たとえばゴミ処理場とか、原子力発電所の建設に反対のための反対を敢《あ》えてする。さらに沖縄・普天間《ふてんま》ヘリ基地の移転先として計画された名護《なご》市沖の海上基地にも、ジュゴンの生息地だと反対する。それは方便《ほうべん》にすぎず、真の狙いは基地移転を挫折させることで日米関係を悪化させ、日米安保すら崩壊させることだ。

さらに「従軍慰安婦」など、強制連行の証拠が皆無《かいむ》なものでも、事実であるかのように言い募り、中学校の教科書にすら記載させる。その意図は、知識も判断力も未熟な子どもに自虐史観《かん》を植え付け、日本国民としての誇りを失わせることだ。日本という国に対する愛情も誇りも失えば、他国に侵略されても命を賭《か》けて守ろうとする気概《きがい》が生まれてくるはずがない。

笛吹き男たちの革命幻想は、六〇年安保騒動の挫折によってますます先鋭《せんえい》となり、テロも辞さない方向に突っ走った。その結実である全共闘による大学紛争もその暴虐《ぼうぎゃく》ぶりが国民の反感を買って挫折し、さらに共産主義の母国であるソ連が崩壊して喪家《そうか》の狗《いぬ》となった彼らは、深い怨念《おんねん》を抱《いだ》いた。彼らの残党は、あるいは大蔵省などのエリート官僚になりすまし、マスコミや大学、公立学校に潜りこんだ。その連中は今やそれぞれの職場で管理職となりおおせたが、革命幻想は決して捨てておらず、機会があれば噴出して社会を毒している。

六〇年、七〇年安保当時は、日本経済はめざましい成長期にあり、それが共産主義革命への強力な防壁となった。しかし今、日本は出口の見えぬ長期のデフレ不況に喘ぎ、金融恐慌《きょうこう》の危機すら囁《ささや》かれている。失業も増大する一方で、社会不安が広がっている。こういった未曾有《みぞう》の危機こそ、彼ら笛吹き男らの思う壺《つぼ》であり、暗躍《あんやく》の温床《おんしょう》なのだ。前途の不安に怯《おび》えて、国民の多数が理性を失い、自暴自棄《じぼうじき》のニヒリズムに犯されると、悪魔の笛の音に踊らされて破滅の淵《ふち》に引きずりこまれる。その行き着く先は笛吹き男らのおぞましい独裁政権の誕生だろう。今こそ、この小説の黙示《もくし》する悪夢のシナリオが、現実味を帯びて浮かび上がってきたといえるのではなかろうか。

本書は、光文社より一九九六年四月に単行本として発行された『「日本」人民共和国』に、新たに、百田尚樹氏との対談（『歴史通』二〇一七年四月号）、「新装版のためのあとがき」を加え、改題・改訂した新版です。尚、稲垣武氏の解説は、一九九八年に光文社より文庫化された版からの転載です。

——この物語はフィクションであり、実在の人物・団体とは一切関係ありません。

〔参考文献〕

『「悪魔祓い」の戦後史』（稲垣武著　文藝春秋、ＰＨＰ研究所刊）
『激震の昭和』（世界文化社刊）
『戦後史開封』（1～3　産経新聞社刊）

装丁／須川貴弘

井沢　元彦（いざわ・もとひこ）

1954年愛知県生まれ。作家。早稲田大学法学部卒業後、TBSに報道記者として入社。報道局記者時代に『猿丸幻視行』（講談社）で江戸川乱歩賞を受賞。そのあと退社し作家活動に専念する。著書に『言霊　なぜ日本に、本当の自由がないのか』『新聞と日本人 なぜ、真実を伝えないのか』（以上、祥伝社）などがある。『週刊ポスト』で連載中の「逆説の日本史」は、小学館より随時単行本化され、ロングセラーになっている。

日本《にほん》が「人民共和国《じんみんきょうわこく》」になる日《ひ》

2017年7月28日　初版発行

著　者　井沢　元彦

発行者　鈴木　隆一

発行所　ワック株式会社
東京都千代田区五番町4-5　五番町コスモビル　〒102-0076
電話　03-5226-7622
http://web-wac.co.jp/

印刷製本　図書印刷株式会社

ISBN978-4-89831-757-0